AF215752

Das Buch und die Autorin

Swinger-Erlebnisse im Urlaub sind eine wundervolle Sache – wenn man denn die richtigen Mitspieler dafür findet. Vor unserem Herbsturlaub auf Menorca hatten wir deshalb schon vorab ein entsprechendes Date vereinbart. Das allerdings sollte zu einer ziemlichen Enttäuschung werden, sodass wir uns bereits auf einen Urlaub nur in Zweisamkeit einstellten. Doch dann geriet ein ganz anderes Paar in unseren Blick. Mit diesen zwei jungen und attraktiven Menschen sollten wir gleich mehrere Überraschungen erleben. Und sie mit uns.

Kirsten Steiner, Jahrgang 1984, studierte Literatur und Geschichte. Seit Jahren ist sie gemeinsam mit ihrem Mann in der Welt der Swinger unterwegs. Einige ihrer Erlebnisse hat sie zu der Serie „Aus meinem Swinger-Tagebuch" verarbeitet, in der sie diese besondere Form der Erotik beschreibt, die sich nicht allein auf zwei Menschen beschränkt.

Kirsten Steiner

Sommer, Sonne, Billard, Bisex

Aus meinem Swinger-Tagebuch

Bibliografische Information der Deutschen
Nationalbibliothek: Die Deutsche Nationalbibliothek
verzeichnet diese Publikation in der Deutschen
Nationalbibliografie, detaillierte bibliografische
Daten sind im Internet über
http://dnb.dnb.de abrufbar.

© 2017 Kirsten Steiner
Herstellung und Verlag:
BoD – Books on Demand, Norderstedt
Coverfoto: Dreamstime

ISBN: 9783744823371

Unser Urlaub auf Menorca:

Bindfaden. Wenn man im Spanien-Urlaub guten Sex haben wollte, musste man Bindfaden mitnehmen. Stabilen Bindfaden. Oder Kabelbinder. Kabelbinder gingen auch.

Das hatte nichts damit zu tun, dass wir etwa eine besondere Vorliebe für sexuelle Spielarten hätten, bei denen sich einer nicht mehr frei bewegen sollte, sondern mit einer Besonderheit spanischer Doppelbetten. Die bestanden in diesem Urlaubsland oftmals lediglich aus zwei zusammengeschobenen Einzelliegen. Wollte man beim Sex nicht plötzlich unsanft auf dem harten Fliesenboden zwischen den Liegen landen, war es ratsam, die beiden Einzelbetten zusammenzubinden. Leider hatten Sofie und Jonas an diese Vorsichtsmaßnahme nicht gedacht.

Aufgefallen waren uns die beiden am dritten Tag unseres Herbsturlaubs auf Menorca. Steffen und ich hatten uns auf den weißen Gartenliegen am Pool der Hotelanlage niedergelassen. Kurz darauf ging ein junges Pärchen vorbei, grüßte freundlich und wanderte weiter zum Billardtisch, der auf der anderen Seite des kleinen Swimmingpools stand. Die beiden spielten eine Partie; zumindest die Frau schien das allerdings nicht sonderlich zu beherrschen. Immer wieder erklärte der Mann ihr, wie sie dieses oder jenes zu machen habe. Doch allzu wichtig war ihnen die perfekte Kunst mit Queue und Kugeln wohl nicht.

Die beiden hatten trotz mäßigem Spielerfolgs viel Spaß. Vor allem hatten sie Spaß miteinander. Es war einfach schön zuzusehen, mit welch liebevoller Leichtigkeit diese beiden Billardspieler miteinander umgingen.

Immer wieder schaute ich dezent über mein Buch hinweg, um die zwei mit verstohlenen Blicken zu beobachten – nicht zuletzt auch deshalb, weil es interessante und attraktive Menschen waren. Und da schaute ich durchaus gern einmal mehr hin – ebenso wie mein Liebster das tat. Nur, dass er dabei vielleicht etwas weniger dezent war als ich.

Die fremde Frau war groß und schlank und hatte ihre langen, braunen Haare zu einem Pferdeschwanz zusammengebunden. Ihr Begleiter war nur unwesentlich größer als sie, hatte rote, leicht zerzauste Haare, einen ebenfalls roten Bart, der zwar noch nicht hipstermäßig wucherte, aber doch deutlich über die Dreitageversion hinausging, die Steffen immer mal wieder trug. Die beiden Urlauber auf der anderen Seite des Pools waren fröhlich und ganz augenscheinlich sehr verliebt. Sie gaben sich immer wieder Küsschen und nutzten so ziemlich jede Gelegenheit, sich während des Billardspiels anzufassen – auch ganz offen am Po oder sogar am Busen.

„Ich glaube, sie hat eine ziemlich üppige Oberweite", sagte Steffen leise zu mir, obgleich die beiden ohnehin zu weit weg waren, um uns hören zu können.

„Mit Sicherheit hat sie die", bestätigte ich seine Beobachtung, obwohl die Frau über ihrem Bikini ein recht weites T-Shirt trug, unter dem sich ihre weiblichen Rundungen eher schemenhaft abzeichneten. Sie hatte zwar keinen Monsterbusen, wie man ihn manchmal in Pornofilmen sah, aber mehr als ich mit meinen mittelgroßen Brüsten hatte sie wohl durchaus zu bieten.

„Sie wäre dein Fall, oder?", fügte ich mit bewusst ironischem Grinsen hinzu.

Steffen tat so, als müsse er einen Augenblick in sich gehen, bevor er mir zustimmte: „Ja, ich glaube schon", sagte er schließlich.

Jede andere Antwort hätte mich allerdings auch überrascht. Steffen hatte schon immer eine ausgeprägte Vorliebe für Frauen mit großer Oberweite. Und dieses billardspielende Wesen mit den langen Beinen und dem hübschen Gesicht auf der anderen Seite des Hotelpools war auch sonst einfach nur schön anzusehen.

„Und der Mann?", wollte Steffen wissen, womit er die Gegenfrage stellte, die bei solchen Gesprächen zwischen uns irgendwann unvermeidlich war. Denn wenn wir abschätzen wollten, ob ein fremdes Paar für uns als Mitspieler beim Swingen infrage kam, dann musste es natürlich immer für uns beide passen. Allerdings war uns dieses Mal natürlich klar, dass wir lediglich theoretisierten. Paare, mit denen man Partnertausch haben konnte, traf man im Internet, in entsprechenden Clubs oder hin und wieder auch mal an einschlägigen Baggerseen – aber nicht einfach so am Pool eines ganz normalen Ferienhotels. Doch wir liebten solche Was-wäre-wenn-Spiele und taten dabei dann gern so, als würden Menschen, die in unseren Blick gerieten, ebenso gern fremde Haut spüren, wie das bei uns der Fall war.

„Ich bin mir nicht ganz sicher", entgegnete ich durchaus ehrlich mit Blick auf den fremden Billardspieler. „Insgesamt ist er ja ganz süß. Aber er müsste mal zum Friseur. Außerdem hat er einen kleinen Bauchansatz."

„Aber nicht sehr."

„Nein, nicht sehr. Wirklich stören würde mich das nicht."

„Hätte was, wenn die beiden Swinger wären", sagte Steffen halb zu mir und halb zu sich selbst.

„Sind sie aber nicht", entgegnete ich.

„Warum bist du dir da so sicher?"

„Ist ein Bauchgefühl. Sie sind sehr jung und sehr verliebt. Ich vermute mal ganz frisch verliebt. Denkt man da schon ans Schwingen?"

„Warum nicht?", entgegnete mein Liebster und lächelte mich an. „Wie alt waren wir damals? Und wie verliebt waren wir damals?"

Ertappt, dachte ich und lächelte versonnen zurück. Neun Jahre lag unser erstes Swinger-Erlebnis nun zurück. Damals war ich gerade mal 23 Jahre alt gewesen und Steffen 28. Die beiden Billardspieler, so schätzte ich, würden ungefähr in diesem Alter sein.

„Trotzdem", sagte ich. „Ich glaube nicht, dass sie Swinger sind. Oder möchtest du rübergehen und sie fragen?"

„Eigentlich gar keine schlechte Idee", entgegnete mein Liebster grinsend, wobei sein Blick nun auf dem Po der fremden Frau lag, welche sich in diesem Moment weit über den Billardtisch beugte und uns ihr süßes Hinterteil geradezu provozierend entgegenstreckte – auch wenn sie das sicherlich ganz unbewusst tat.

„Aber vielleicht wäre die bessere Variante, heute Abend bei einem Cocktail mit ihnen ins Gespräch zu kommen. Mal sehen, ob uns das gelingt", fügte Steffen hinzu.

Offenbar, so stellte ich fest, gingen seine Gedanken wohl doch ein wenig über das Was-wäre-wenn-Spiel hinaus. Hoffentlich würde er nicht allzu enttäuscht sein, sollten sich die beiden Fremden als Normalos entpuppen. Aber auch so ein ganz unverfänglicher Kontakt konnte ja ganz schön und interessant sein. Schließlich mussten wir nicht mit allen Menschen, die wir neu kennenlernten, irgendwann Sex haben – auch wenn wir wohl dazu neigten, Unbekannte durch die Swinger-Brille zu betrachten. Neun Jahre in der Welt dieser sehr besonderen erotischen Spielart blieben nun einmal nicht ohne Nebenwirkungen.

„Können wir gern machen", stimmte ich zu. „Mal sehen, was die Cocktailbar so zu bieten hat. Aber bitte nicht frustriert sein, wenn mit den beiden Turteltäubchen da drüben nichts läuft. Ich bin mir ziemlich sicher, dass sie Normalos sind."

„Vermutlich hast du recht. Aber schön wärs doch, oder?"

„Keine Frage", entgegnete ich. „Die wären eher unsere Kragenweite als Tatjana und Kai."

„Das ist allerdings auch nicht allzu schwer."

„Wohl wahr", murmelte ich und dachte an das skurrile Treffen am Tag zuvor.

Verabredung in der Inselmitte: Ein verunglücktes Date

Als wir einige Wochen zuvor unsere Reise gebucht hatten, kam die Überlegung auf, ob wir den Urlaub nicht mit einem Swinger-Date verbinden wollten. So waren wir bei Joyclub.de auf die Suche gegangen. In diesem Sexforum fanden sich allerlei Gruppen, darunter auch eine für Urlaub auf den Balearen. Dort schauten wir, ob nicht vielleicht ein anderes Swinger-Paar gleichzeitig mit uns auf der Insel sein würde – was sich aber als recht schwierig herausstellte. Menorca war eben nicht Mallorca. Die meisten Menschen, die im Herbst den Sommer verlängerten, buchten doch eher die große Schwester der kleinen Baleareninsel.

Wir hingegen hatten uns bewusst für Menorca entschieden – ganz einfach deshalb, weil wir diese Insel im Gegensatz zu Mallorca noch nicht kannten. Allerdings hatten wir zunächst ein wenig geschwankt. Immerhin lebte auf Mallorca ein Paar, das wir anderthalb Jahre zuvor getroffen hatten und das wir durchaus auch gern einmal wiedergesehen hätten. Dennoch entschieden wir uns für die andere Insel. Schließlich wollten wir vor allem ausspannen und Neues entdecken. Wenn sich dabei ein erotisches Abenteuer ergab, dann war das schön. Wenn nicht, dann ging das auch in Ordnung. Schließlich waren wir nicht zwanghaft auf der Suche nach Swinger-Kontakten – auch wenn solche Begegnungen natürlich ihren Reiz hatten. Besonders im Urlaub, wo alle entspannt und normalerweise gut drauf waren. So etwas hatten wir schon mehrfach erlebt, und es war immer sehr schön gewesen.

Kurz vor unserem Abflug stießen wir dann doch noch auf Tatjana und Kai, die zur gleichen Zeit wie wir Urlaub machen wollten. Die beiden waren mit Mitte 40 etwas älter als wir, hatten aber ein ansprechendes Profil und zeigten großes Interesse an einem Date mit uns. So machten wir ohne langen Mailwechsel oder gar Cam-Chat ein Treffen aus.

Im Gegensatz zu uns kannten die beiden Menorca recht gut und schlugen als Treffpunkt eine Bar in dem kleinen Städtchen Ferreries vor, das mit seiner Lage in der Inselmitte von ihrem und unserem Urlaubsort ungefähr gleichweit entfernt lag. Was nach meinem Eindruck aber auch nicht so wichtig war. Denn große Entfernungen gab es auf der kleinen Insel eigentlich gar nicht.

Wir waren etwas vor der Zeit da, während sich die beiden verspäteten. Die Wartezeit an einem Tischchen vor der Bar vertrieben wir uns mit einem ersten Kaffee und dem Beobachten von Menschen. Einmal geriet dabei ein Paar in unseren Blick, von dem wir zunächst glaubten, dass es Tatjana und Kai seien. Erst als die beiden Menschen achtlos an uns vorübergingen, stellten wir fest, dass wir uns geirrt hatten.

Kurze Zeit später kam wieder ein Paar auf die Bar zu, und wir spekulierten erneut. Als die beiden näherkamen, wurden wir etwas skeptisch.

„Sind sie es oder sind sie es nicht?", fragte Steffen.

Ich war mir ebenso unsicher wie er, obgleich wir ja die Bilder aus ihrem Joyclub-Profil kannten. Eine Ähnlichkeit zwar zweifellos vorhanden, aber irgendwie passte es dennoch nicht, was da auf uns zukam.

„Weiß nicht", entgegnete ich achselzuckend und fügte hinzu. „Ich hoffe nicht."

Erst als die beiden vor unserem Tisch stehenblieben und uns anstrahlten, war der Zweifel beseitigt. Sie waren es. Oh nein, jammerte die Erotikfee in mir und ging in Deckung. Das geht gar nicht!

„Wir haben euch gleich erkannt", sagte Kai und nahm mich in den Arm bevor ich mich dagegen wehren konnte.

„Wir euch nicht", entgegnete ich ganz spontan und etwas uncharmant.

Aber das überhörten sie großzügig, setzten sich zu uns und bestellten ebenfalls Kaffee. Ja, das waren die beiden aus dem Joyclub, schoss es mir durch den Kopf. Aber die Fotos, die uns aus ihrem Profil angelächelt hatten, bedurften dringend einer Erneuerung. Die zwei Menschen, die uns hier gegenübersaßen, hatten zwischen dem Aufnahmedatum ihrer Bilder und der Gegenwart kräftig zugelegt – sowohl an Gewicht als auch an Lebensjahren. Das Alter, das sie in dem Forum genannt hatten (45 und 46), war zweifellos nach unten korrigiert. Und ganz offensichtlich nicht nur um zwei, drei Jahre. Sie waren mit Sicherheit beide über 50, vermutlich deutlich darüber. Das Profil war nicht gemogelt, es war dreist gelogen.

„Schön, dass es mit unserem Date so unkompliziert geklappt hat", begann Kai das Gespräch.

„Jaja", murmelte Steffen, der sich offensichtlich ebenso unwohl fühlte wie ich – und der wohl nicht bereit war, das geschönte Profil einfach so unkommentiert zu lassen.

„Sagt mal", fragte mein Liebster und sah die beiden mit einem prüfenden Blick an: „Ich habe euer Profil nicht mehr so ganz im Kopf. Wie alt seid ihr nochmal?"

Tatjana und Kai tauschten verschwörerische Blicke aus, grinsten und schließlich entgegnete sie:

„Ach weißt du Steffen, Alter ist doch letztlich nur eine Zahl auf einem Stück Papier. Es kommt doch mehr darauf an, wie alt man sich fühlt. Und da sind wir mit Sicherheit nicht älter als ihr."

„Das mag wohl sein", erwiderte ich. „Trotzdem wüssten wir ganz gern, wie die Zahl auf dem Stück Papier lautet."

„Es gibt Wichtigeres", entgegnete nun Kai und rückte etwas näher an mich heran.

„Zum Beispiel?", fragte ich und rückte wieder ein Stück von ihm ab.

„Zum Beispiel, dass wir euch erwählt haben. Das ist doch das Entscheidende."

Sprachs, blickte uns an, und machte dabei eine Handbewegung, die der Geste eines Herrschers gleichkam, welcher soeben erstaunliche Wohltaten für sein Volk verkündet hatte und nun gewillt war, die Huldigungen seiner Untertanen entgegenzunehmen. In diesem Augenblick klappte mir regelrecht der Kinnladen nach unten. Woher um alles in der Welt nimmt dieser alte, hässliche Mann sein erstaunliches Selbstbewusstsein, fragte meine Erotikfee. Ich war einfach nur verblüfft.

„Erwählt", stammelte ich leise und ungläubig und sah den Mann an. Mehr fiel mir für den Augenblick nicht ein. Er hatte mich tatsächlich sprachlos gemacht. Und so etwas passierte mir nicht allzu häufig.

Natürlich trafen wir nicht zum ersten Mal ein Paar, von dem wir sofort wussten, dass es nicht passen würde. Normalerweise tranken wir in solchen Fällen trotzdem einen Höflichkeitskaffee mit den beiden und verabschiedeten uns dann ohne übermäßige Eile, aber mit ein paar ehrlichen Worten. Doch nach diesem arroganten Spruch platzte mir doch der Kragen, und es gab mit den beiden keinen Höflichkeitskaffee, sondern eine Höflichkeitsausnahme – und das, obwohl die beiden sich bereits ihr Getränk bestellt hatten und unsere Tassen noch halb voll waren. Ich zog meine Geldbörse aus dem kleinen Rucksack, legte ein paar Euro auf den Tisch und stand auf.

„Seid ihr bitte so nett und bezahlt unseren Kaffee? Das hat wohl keinen Zweck mit uns", sagte ich, während auch Steffen sich erhob.

Ganz offensichtlich war er erleichtert, dass ich diese merkwürdige Sache hier umgehend abwürgte. Ich blickte zwar noch in zwei überrascht-beleidigte Gesichter, dann aber waren wir auch schon verschwunden. Ohne uns umzudrehen gingen wir raschen Schrittes zum Parkplatz unseres Mietwagens. Selbst das Gefühl, dass die zwei uns nachschauten, bereitete mir ein leichtes Unbehagen, und ich war froh, als ich die Autotür hinter mir geschlossen hatte.

„Die beiden hätten wir uns bei allem guten Willen nicht schöngucken können", sagte Steffen.

„Nein", entgegnete ich. „Die hätten wir uns schönsaufen müssen. Aber so viel Aperol gibt es vermutlich auf der ganzen Insel nicht."

„So viel zum Thema Swinger-Kontakte auf Menorca", sagte Steffen, atmete tief durch und startete den Wagen.

Frühstück auf der Terrasse: Der-mit-der-Marmelade-spricht

Als wir jetzt am Pool unseres Hotels lagen, blickten wir fast ein bisschen wehmütig auf die beiden verliebten Billardspieler im Sonnenlicht. Die zwei dort drüben wären natürlich schon ganz anders nach unserem Geschmack gewesen. Aber die Welt war nun einmal nicht voller Swinger – auch wenn es vermutlich mehr von ihnen gab, als die meisten Menschen sich das vorzustellen vermochten. Doch dieses offensichtlich frisch verliebte junge Pärchen gehörte wohl eher nicht dazu.

Swinger traf man nun einmal nicht zufällig an der Bar oder im Supermarkt – oder am Hotelpool. Allein schon deshalb nicht, weil man niemandem seine Neigung ansehen konnte. Im Gegenteil: Fast alle Menschen in dieser Szene versteckten ihre sehr besondere Leidenschaft vor dem normalen Umfeld. Auch wir taten das. Zum einen bestand ansonsten das Risiko, in eine gedankliche Schublade gesteckt zu werden, die mit der Realität nur wenig gemein hatte. Zum anderen sahen wir aber auch gar keine Veranlassung, irgendjemandem unsere sexuellen Vorlieben zu verraten. Warum auch? Das tat schließlich auch kein Nicht-Swinger.

Man musste also schauen, wo man Mitspieler für seine sexuellen Abenteuer fand. Und da war das Internet nun einmal ein deutlich besserer Platz als die freie Wildbahn. Doch träumen durfte man ja, dachte ich und schaute immer mal wieder mit verstohlenen Blicken auf das Paar jenseits des Pools – ebenso wie Steffen es tat. Irgendwie hatten die beiden verliebten Billardspieler unser Interesse geweckt. Sehr sogar, wie ich mir eingestehen musste. Ich ertappte mich dabei, wie ich auch den schlecht frisierten Rothaarigen immer genauer ansah. Süß war er ja …

An diesem Abend war das fremde Pärchen gerade mit dem Essen fertig, als wir unsere dünnen Jacken auf zwei Stühlen der Restaurant-Terrasse platzierten. Wir wollten uns unbedingt Plätze mit Blick aufs Meer sichern, bevor wir zum Buffet gingen. Was eigentlich gar nicht nötig war, denn das Hotel war jetzt im Oktober alles andere als ausgebucht. Die Terrasse mit ihrer fantastischen Aussicht war wohl allenfalls zu einem Viertel belegt. Weitere Gäste saßen zwar drinnen im Restaurant, aber auch dort war die Mehrzahl der Tische frei. Ganz offensichtlich ging die Urlaubssaison auf Menorca in diesen Tagen dem Ende entgegen.

Als wir mit unserem Essen auf die Terrasse hinausgingen, kamen uns die beiden Billardspieler entgegen. Wie am Nachmittag grüßten wir einander freundlich, aber das war es dann auch. Steffen hatte zwar den Gedanken, die beiden später beim Cocktail in ein Gespräch zu verwickeln, aber daraus wurde nichts. Als wir nach dem Essen die Bar betraten, war von ihnen weit und breit nichts zu sehen. Auch draußen am Pool oder in einer der kleinen Sitzecken am Meer waren sie nicht zu entdecken. Es sollte wohl nicht sein. Jedenfalls nicht an diesem Abend. Also ließen wir uns nur zu zweit in einer der leeren und kaum beleuchteten Sitzecken nieder, tranken unsere Cocktails und genossen den Blick auf das nächtliche Meer, dessen Rauschen in der nahen Felsenbucht man gut wahrnehmen konnte.

Als Steffen mir dabei eine Hand auf den Oberschenkel legte und seine Finger unter meinen Rock gleiten ließ, öffnete ich die Beine und schloss die Augen. Er schob meinen String zur Seite und streichelte mich lange und gefühlvoll. Dabei ertappte ich mich bei einer Fantasie, in der die beiden Billardspieler mit uns in dieser Sitzecke saßen und ein Fummelreigen zu viert entstand. Was natürlich vollkommen unrealistisch war. Es waren zwar kaum Menschen hier, aber völlig einsam war es auch wieder nicht. Mehr als einmal musste Steffen seine Finger aus meinem Schoß zurückziehen und konnte erst weitermachen, als die abendlichen Spaziergänger wieder verschwunden waren. Aber erregend war es dennoch, was er mit mir tat. Und auch, was sich zugleich in meinem Kopfkino abspielte – während mein Liebster mich einem Höhepunkt entgegenstreichelte, der schließlich ganz still und sanft meinen Körper durchzuckte.

Erst am anderen Morgen trafen wir das junge Paar auf der Terrasse wieder. Wir hatten gerade unser Frühstück begonnen, als die beiden auftauchten. Sie kamen mit Rührei, Konfitüre, Weißbrot und Kaffeetassen vom Buffet drinnen im Restaurant und ließen sich nicht weit entfernt von uns an einem freien Tisch nieder. Im Gegensatz zu Steffen konnte ich die beiden beobachten, was ich mit heimlichen Blicken auch tat. Als die Frau irgendwann nach drinnen verschwand, um sich Essensnachschub zu holen, hatte ich den Eindruck, der Mann führe ein kleines Selbstgespräch. Während er ganz sorgfältig Marmelade auf sein Baguettestück strich, redete er leise, aber unentwegt vor sich hin.

„Wenn der Mann ein Indianer wär, dann wüsste ich, wie er heißt", sagte ich zu Steffen.

„Nämlich?"

„Der-mit-der-Marmelade-spricht."

„Jeder hat seine Special Effects", entgegnete mein Liebster. „Wer weiß, was er seinem Frühstück so alles zu sagen hat."

„Ich hab mal gelesen, dass Selbstgespräche ein Anzeichen besonderer Intelligenz sein können. Ob das auch auf den Rotschopf zutrifft?"

„Wer weiß", erwiderte Steffen. „Möchtest du es herausfinden?"

Gereizt hätte mich das in der Tat, musste ich mir eingestehen. Intelligente Männer empfand ich schon immer als attraktiv. Ich gehörte durchaus zu den Frauen, die das Motto „Geist ist geil" unterschreiben könnten. Das stand zwar nicht über unserem Profil bei Joyclub, hätte dort aber stehen können. Wir hatten in dem Sexforum schon mehrere Profile gesehen, in denen dieser Satz tatsächlich zu lesen war. So etwas empfand ich stets als sympathisch.

Während der Mann sich weiter halb kauend, halb redend mit seinem Baguette beschäftigte, trafen sich unsere Blicke – wenn auch nur kurz. Im ersten Augenblick erschreckte ihn das fast, aber schließlich erwiderte er mein Lächeln. Allerdings wirkte er dabei etwas verhalten. Hatte er möglicherweise wahrgenommen, dass ich ihn beobachtete? Das wäre mir dann allerdings doch ein wenig peinlich gewesen. Glücklicherweise kam im nächsten Moment seine Freundin (oder was auch immer sie sein mochte) mit einem vollen Teller zurück und lenkte ihn ab.

Steffen und ich wurden ebenfalls abgelenkt – von einer ziemlich frechen Elster, die sich nicht nur von verlassenen Tischen Essensreste holte, sondern sich auch ohne Scheu auf unseren Tisch setzte und versuchte, etwas vom meinem Rührei zu ergattern. Ich verscheuchte sie und verfolgte sie mit meinem Blick. Offenbar hatte sie einen Schreck bekommen und verschwand.

„Wenn die Elster wieder auftaucht, bevor wir mit dem Frühstück fertig sind, dann mache ich den Mann nachher an, falls die beiden wieder am Pool sein sollten", verkündete ich.

„Einfach so?", fragte Steffen kauend und grinste mich breit an.

„Mir wird schon etwas einfallen."

„Und dann?"

„Weiß nicht. Einfach mal sehen, was passiert."

Allerdings war das ein mutiger Vorsatz. Immerhin war der Fremde nicht allein im Urlaub, sondern mit seiner Liebsten hier – und die war geradezu eine Schönheit. Dass ich mir von dem jungen Mann eine Abfuhr einhandeln würde, war nicht unwahrscheinlich. Deshalb war ich ganz erleichtert, dass ich den Vogel offenbar nachhaltig verschreckt hatte. Jedenfalls ließ er sich nicht wieder blicken.

Erst als wir die Terrasse gerade verlassen wollten, schwebte die Elster erneut ein und setzte sich auf den Tisch, den wir soeben freigemacht hatten. Zählte das jetzt noch? Eigentlich waren wir ja mit dem Frühstück fertig. Andererseits waren wir aber noch hier. Glücklicherweise hatte Steffen den Vogel wohl nicht gesehen – sodass ich mir überlegen konnte, ob ich meine Ankündigung wahrmachen wollte oder nicht. Beim Gehen lächelte ich dem rothaarigen Fremden freundlich zu – was er mit einem ganz ähnlichen Blick beantwortete. Immerhin schon mal ein guter Anfang.

Zwei Nackte und eine Bucht: FKK und mehr

Nach dem Frühstück fuhren wir zu einer anderen Stelle an der Küste, um eine kleine Erkundungstour zu unternehmen. Wir hatten gelesen, dass es hier auf der Insel mehrere reizvolle Buchten gab, in denen selbst in der Hauptsaison nur wenige Menschen anzutreffen waren.

Der Wanderführer sollte recht behalten: Hier gab es wirklich wunderschöne Strände und kaum Touristen. Letzteres war aber vielleicht auch der Jahreszeit geschuldet. Oberhalb einer dieser Buchten blieben wir stehen und genossen die Aussicht: das blaue Wasser, der blaue Himmel, der feine Sandstrand, die einsamen Dünen – man konnte sich nicht sattsehen daran.

Dabei entdeckten wir an dieser Stelle noch etwas, das unsere Blicke auf sich zog. Neben einem Felsen lag kurz vor der Wasserlinie eine Decke mit einem nackten Paar. Was natürlich nicht ungewöhnlich war. Menorca war zwar nicht unbedingt das FKK-Paradies, aber in einsamen Buchten wie dieser, verzichteten die Menschen auch gern auf Badehose und Bikini: Je einsamer, desto nackter, schien die Regel an den menorquinischen Stränden zu lauten. Aber dieses Paar war nicht nur nackt, sondern auch mitten im Liebesspiel. Der Mann lag auf dem Rücken, die Frau kniete zwischen seinen Beinen und verwöhnte ihn auf eine Weise, die wohl jeder Mann liebte. Die beiden waren zwar ein Stück entfernt, aber doch nah genug, um zu erkennen, wie sein Schwanz tief in ihrem Mund verschwand. Allerdings konnte ich den Mann insgesamt nicht richtig sehen, da er teilweise von einem Felsen verdeckt wurde.

„Ganz schön offen, wie die beiden sich da präsentieren", flüsterte ich.

„Vielleicht sind es Exhibitionisten", hauchte Steffen mir ins Ohr und fügte augenzwinkernd hinzu: „Es soll ja Leute geben, die Spaß daran haben, sich beim Sex anderen zu zeigen."

Natürlich gab es die. Bei diversen Swingerclub-Besuchen hatten wir immer wieder Paare beobachtet, die sich beim Poppen anderen geradezu präsentierten. Auch wir hatten das schon gemacht, und ich wusste genau, auf welches Erlebnis Steffen soeben anspielte. Das hier aber war kein Swingerclub, sondern die freie Wildbahn.

Meinen Liebsten machte es offensichtlich an, was wir sahen. Jedenfalls spürte ich, dass sein Schwanz steifer wurde, als er sich von hinten gegen meinen Po drückte. Auch mich ließ die Liveshow nicht ganz kalt, und ich genoss die Hände, die sich unter mein Shirt schoben und meine Brüste massierten.

Die Frau am Strand blies noch immer den Schwanz des Mannes, und ich bekam Lust, das Gleiche mit meinem Liebsten zu tun. Ich drehte mich um, ging in die Hocke und öffnete Steffens Hose. Sein Ständer sprang mir regelrecht entgegen. Ich griff danach und nahm ihn in den Mund. Dummerweise sah ich jetzt allerdings nicht mehr, was am Strand passierte.

„Was machen die beiden jetzt?", fragte ich deshalb Steffen.

Obgleich ich den Mund voll hatte und nur undeutlich sprechen konnte, hatte er mich verstanden.

„Sie bläst ihn immer noch", entgegnete er.

Ich presste meine Lippen fester zusammen und nahm auch die Hand zu Hilfe. Ich wusste, dass Steffen es liebte, wenn ich seinen Schwanz auf die Weise intensiv verwöhnte.

„Jetzt beginnen sie zu ficken", berichtete er kurz darauf.

„Wie tun sie es?"

„Sie hat sich auf ihn gesetzt und reitet."

„Aufrecht oder gebeugt?"

„Aufrecht."

„Beschreib sie."

„Sie ist sehr schlank, hat kurze schwarze Haare und kleine Brüste. Aber sie wippen trotzdem im Takt."

Steffens Bericht machte mich an und ganz offensichtlich auch ihn selbst. Ich blies weiter und ahnte, dass ich ihn auf die Weise wohl bald zum Höhepunkt bringen würde.

„Der Mann hat jetzt eine Hand in ihrem Schoß. Ich vermute, er streichelt ihren Kitzler."

Wie zur Bestätigung hörte man kurz darauf einen weiblichen Orgasmusschrei. Verhalten, aber doch hörbar.

„Jetzt nimmt er sie von hinten", sagte Steffen. „Er kniet hinter ihr und packt sie an den Hüften."

„Beschreib ihn!"

„Besser nicht", entgegnete Steffen, der bereits schwer zu atmen begann.

Auch das war okay. Ich hatte jetzt ohnehin mehr Sinn für den Schwanz in meinem Mund als für den fremden Mann, den ich nicht sehen konnte. Als es Steffen kam, gab er ein deutliches „Ja, Jaaaaaaahhhh!!!" von sich. Das war zwar nicht übermäßig laut gewesen, aber wohl doch zu laut.

„Jetzt haben sie uns bemerkt", keuchte er jedenfalls, während das Zucken seines Schwanzes in meinem Mund allmählich nachließ und ich gerade die letzten Tropfen aus ihm heraussaugte.

Ich stand auf, wischte mir den Mund ab, und gemeinsam sahen wir zu, wie die beiden Menschen am Strand eilig ihre Sachen zusammenrafften und geradezu flüchteten. Dabei fiel mir der grüne Rucksack der Frau auf. Ich fragte mich, wie man nur ein derart grelles Giftgrün wählen konnte. Aber gut, auch bei ihrem Partner hatte sie einen sehr eigenen Geschmack. Es war schon in Ordnung gewesen, dass Steffen mir den nicht näher beschrieben hatte.

Im nächsten Augenblick waren die beiden hinter einem großen Felsvorsprung verschwunden und tauchten auch nicht wieder auf. Offenbar versteckten sie sich nun und hofften auf unser baldiges Verschwinden.

„Eindeutig keine Exhibitionisten", stellte Steffen fest.

Kaffee und Cocktails:
Das Spiel am Pool

Als wir am Nachmittag auf unsere Liegen am Pool zurückkehrten, waren auch die beiden vom Vortag wieder da. Offensichtlich hatte es ihnen dieser Billardtisch im Sonnenlicht angetan. Erneut sahen wir ihnen beim Spielen zu – mit heimlichen Blicken über den Rand des Buches hinweg, während wir abermals Spekulationen über sie anstellten.

Wir überlegten, woher sie wohl kamen oder was sie beruflich machten. Mit Blick auf die langbeinige Schönheit tippte Steffen auf eine Norddeutsche oder vielleicht auch eine Skandinavierin. Ich dagegen vermutete bei dem schlecht rasierten Rothaarigen einen Engländer und verwies auf sein geradezu keltisches Aussehen. Außerdem war Menorca bei britischen Touristen recht beliebt, weshalb ich das tatsächlich für nicht abwegig hielt. Wie wir später erfahren sollten, lagen wir damit beide reichlich daneben. Deutlich besser waren wir hingegen mit unserer Einschätzung, dass die zwei Billardspieler vielleicht Studenten sein könnten. Vermutlich, so überlegten wir weiter, war dies ihr erster gemeinsamer Urlaub als Paar. Zumindest würde das gut zu ihrem permanenten Turteln passen.

„Ein Liebesurlaub", ergänzte Steffen. „Ich glaube sie vögeln bei jeder sich bietenden Gelegenheit. Würde der Billardtisch nicht derart gut für sämtliche Hotelgäste einsehbar sein, würden sie es bestimmt auch darauf treiben."

Ganz abwegig fand ich den Gedanken nicht.

„Würdest du es gern mal auf einem Billardtisch machen?", fragte er mich im nächsten Moment.

„Mit dir oder mit dem Rothaarigen da drüben?", entgegnete ich und sah ihm provozierend in die Augen.

„Wenn du möchtest, auch gern mit beiden", erwiderte er und hielt meinem Blick stand.

„Dann ja!"

Unser Gedankenspiel uferte immer mehr aus und bald vermischten sich unsere Spekulationen über das fremde Paar mit unseren eigenen Fantasien. Wir überlegten nicht nur, was sich in ihren Cocktailgläsern befinden mochte, sondern auch welche Vorlieben sie beim Sex haben könnten und wer von den beiden wohl lieber unten oder oben lag.

„Ich glaube, sie ist eine gute Bläserin", mutmaßte Steffen.

„Das würdest du gern überprüfen, oder?"

„Kann ich nicht abstreiten."

„Und wenn das Ergebnis enttäuschend sein sollte?"

„Dann dürfte sie trotzdem an mir üben. Ich wäre gern bereit, ihr ein paar Dinge zu erklären."

„Würdest du ihr gern in den Mund spritzen?", hörte ich mich fragen.

„So wie dir vorhin beim Wandern?", entgegnete mein Liebster.

Statt einer Antwort lächelte ich ihn an. Dieses Mal allerdings nicht provozierend, sondern eher liebevoll. Dabei hob ich mit der unschuldigsten Miene der Welt meine Schultern. Wenn ich an unseren spontanen Freiluftsex einige Stunden zuvor dachte, dann konnte ich Steffens Sperma in meinem Mund beinahe noch immer schmecken. Auch mein Liebster entgegnete nun nichts mehr, sondern beugte sich zu mir und küsste mich: lange und zärtlich – wobei er seine Hand sanft über meinen Körper wandern ließ.

Für fremde Augen wirkten wir vermutlich nicht weniger verliebt als die beiden Billardspieler auf der anderen Seite des Pools. Und so falsch war dieser Eindruck ja auch nicht.

Irgendwann nahm ich wahr, dass der fremde Mann etwas zu seiner Freundin sagte. Sie drehte sich kurz zu uns um, erwiderte etwas, sah erneut zu uns und begann mit ihrem Freund zu sprechen, der in den nächsten Minuten ebenfalls immer mal wieder zu uns herüberschaute. Ganz so dezent waren unsere Blicke vielleicht doch nicht gewesen. Redeten die beiden nun über uns – so wie wir über sie?

In meinem Hinterkopf arbeitete zunehmend die unvorsichtige Ankündigung vom Frühstück. Wenn die Elster zurückkehren sollte, wollte ich den Mann anmachen. Die Elster war zurückgekehrt, aber eigentlich nicht rechtzeitig. Jedenfalls nicht rechtzeitig genug, als dass Steffen mich auf meine Aussage hätte festnageln können. Außerdem hatte er den Vogel ja auch gar nicht mehr bemerkt und sagte jetzt nichts zu meinem Vorhaben. Doch irgendwie prickte es mich selbst, die Ankündigung umzusetzen. Aber wie? Ich konnte ja schlecht zu den beiden hinübergehen und fragen, ob ich eine Partie mitspielen dürfe. Oder konnte ich das?

Ich beschloss, den Mann ein bisschen mit optischen Reizen zu reizen. Immerhin waren wir in den Blick der beiden geraten. Das ließ sich nutzen. Ich zog ein Bein an, ließ das andere ausgestreckt, so dass der Fremde einen guten Blick darauf hatte. Steffen hatte mir schon oft gesagt, dass ich schöne Beine habe, die ein Blickfang seien. Mal sehen, ob ich den Blick des Rothaarigen nicht einfangen konnte.

Ach komm, murmelte die Realistin in mir. Mit den endlosen Beinen seiner Freundin kannst du es doch ohnehin nicht aufnehmen. Aber du bist nicht seine Freundin, sondern eine andere Frau, entgegnete meine Erotikfee. Und andere Frauen als die eigene haben immer einen ganz besonderen Reiz für einen Mann. Da hatte sie zweifellos recht. Auch mich reizte es ja schließlich, mir andere Männer anzusehen – selbst wenn der Liebste an meiner Seite meist der attraktivere war.

Sicherlich hatten sowohl meine Erotikfee als auch meine Mahnerin recht. Die große, schlanke Frau dort drüben am Billardtisch hatte unglaublich lange und schöne Beine. Dennoch registrierte ich zunehmend die Blicke ihres Partners – vor allem, als ich mich dann auch noch so setzte, dass mir der Mann unter mein kurzes Strandkleid schauen und sicherlich das (eher knappe) Bikini-Unterteil erkennen konnte. Oder gehörte er etwa zu jener Sorte Männer, die so etwas übersahen? Wenn seine Selbstgespräche beim Frühstück tatsächlich ein Anzeichen hoher Intelligenz sein sollte, dann lebte er vielleicht in einem ganz anderen Universum und nahm meine Signale gar nicht wahr. Männer übersehen vieles, grinste meine Erotikfee. Aber nicht, was unter dem hochgerutschten Rock einer Frau hervorblitzt.

Ich stellte fest, dass sie recht hatte. Der Fremde sah häufiger zu mir – und er sah länger zu mir. Na also, dachte ich. Genau genommen hatte ich ihn damit doch schon angemacht und somit meinen Vorsatz vom Frühstück in die Tat umgesetzt. Zufrieden lehnte ich mich auf meiner Liege zurück – ohne die Haltung meiner Beine zu verändern. Zum Anmachen gehört aber noch ein bisschen mehr, stichelte jedoch meine Erotikfee.

Als der Fremde kurz darauf zwei leere Cocktailgläser von der Liege neben dem Billardtisch nahm und in Richtung Bar verschwand, zögerte ich einen Augenblick. Sollte ich die Gelegenheit nutzen und ebenfalls die Bar aufsuchen? Natürlich hatte meine Erotikfee recht: Einfach nur die nackten Beine anzuwinkeln, war letztlich doch zu simpel. So stand ich kurzentschlossen auf und kündigte meinem dösenden Liebsten an, uns Kaffee holen zu wollen.

„Das ist lieb von dir", sagte er halb abwesend und dem Einschlafen nahe. Sonderlich spannend war sein Buch wohl nicht, das inzwischen auf seinen Bauch gesunken war. Und in den letzten Minuten hatte er sich auch nicht mehr an dem Spiel der Blicke beteiligt.

Ich hatte richtig gelegen mit meiner Vermutung. Der Rothaarige war in der Bar und sah zu, wie ihm zwei neue Cocktails gemixt wurden.

„Hallo", sagte ich zu ihm und versuchte, meiner Stimme einen leicht verführerischen Unterton zu geben. Aber natürlich nicht zu offensichtlich. Dennoch reagierte der Mann mit einem freundlichen Lächeln. Offenbar war auch er bereit für einen kleinen Smalltalk.

„Hallo", entgegnete er. „Auch Lust auf Cocktails?"

Eindeutig kein Engländer, sondern ein Deutscher, stellte ich fest und versuchte, den Klang in seiner Stimme zuzuordnen.

„Baden-Württemberg?", fragte ich und sah ihn prüfend an.

„Genau", entgegnete er und freute sich offensichtlich, dass ich seine Stimme nach nur wenigen Worten korrekt zugeordnet hatte. Jedenfalls fast korrekt.

„Der schwäbische Klang ist auch kaum zu überhören", setzte ich nach – und löste damit ein beinahe grimmiges Gesicht aus.

„Schwäbisch?", entgegnete er. „Ich bin doch kein Schwabe! Ich komme aus Baden!"

„Ach ja", räumte ich ein. „Da gibt es feine Unterschiede."

„Da gibt es riesige Unterschiede!"

„Nun ja, für mich als Norddeutsche klingt das alles ziemlich gleich", entgegnete ich achselzuckend.

„Woher kommst du denn?"

„Wäre es sehr gemein, wenn ich dich jetzt auch raten lasse?", fragte ich und setzte ein spitzbübisches Grinsen auf.

Er sah mich ein paar Sekunden an, zuckte dann mit den Schultern und entgegnete: „Naja, irgendwo nördlich des Mains, würde ich sagen."

„Perfekt", erwiderte ich anerkennend. „Hannover liegt nördlich des Mains."

„Hannover", erwiderte er und zeigte nun wieder sein anfängliches Lächeln. „Dann sei dir verziehen, dass du mich für einen Schwaben gehalten hast."

Als er seine Cocktails hatte, bestellte ich zwei Milchkaffe. Wie selbstverständlich wartete er mit mir, bis der Barkeeper die Milch aufgeschäumt und mir meine gefüllten Tassen auf den Tresen gestellt hatte.

„Keine Lust auf Cocktails?", fragte der Rothaarige.

„Nein, lieber erst mal Kaffee. Sonst schläft mir mein Mann gleich ganz ein."

„Lass ihn doch. Wenn er schläft, kannst du dich ja zu uns gesellen und mit uns eine Partie Billard spielen."

„Ja", sagte ich und war gleichermaßen überrascht wie erfreut. „Warum eigentlich nicht? Allerdings kann ich das nicht sonderlich gut."

„Da hast du etwas mit Sofie gemeinsam", erwiderte er mit leichtem Grinsen. „Sie hat vorhin beinahe das Tuch auf dem Billardtisch zerfetzt. Naja, fast jedenfalls."

Aha, dachte ich. Sofie hieß die langbeinige Schönheit an seiner Seite also. Ich lächelte ihn an und sah ihm tief in seine dunkelbraunen Augen. Zu meinem Erstaunen hielt er meinem Blick stand und erwiderte mein Lächeln auf die gleiche Weise. Wie alt mochte er wohl sein, fragte ich mich. Auf jeden Fall ein paar Jahre jünger als ich. Unwillkürlich streckte ich meine Brust ein wenig heraus, die unter dem dünnen Strandkleid in keinem Oberteil steckte. Vermutlich waren nun die Nippel zu erkennen oder zumindest zu erahnen, wie meine Mahnerin anmerkte – und meine Erotikfee grinsend bestätigte.

Das war ja einfach, dachte ich, als wir kurz darauf gemeinsam die Bar wieder verließen – er mit Mojito und Tequila Sunrise in den Händen, ich mit zwei Café con leche.

„Schönes Kleid", sagte er sogar, als ich vor ihm durch die Tür hinausging.

Aha, dachte ich und grinste zufrieden in mich hinein. Er lebte also doch nicht in einem anderen Universum.

Als wir an den Pool kamen, blickte ich zu Steffen hinüber, der zu schlafen schien. Also bog ich mit dem

Mann, der sich als Jonas vorgestellt hatte, zum Billardtisch ab. Dort angekommen, stellte ich die Kaffeetassen ab, steckte mir Daumen und Zeigefinger in den Mund und stieß einen deutlichen Pfiff aus. Steffen, der meinen Zwei-Finger-Pfiff gut kannte, schreckte hoch und sah sich irritiert um. Als er mich entdeckte, zog er eine Augenbraue nach oben, versuchte mühsam, aber erfolglos ein Grinsen zu verbergen und erhob sich sehr langsam von seiner Liege.

„Du pfeifst deinem Mann nach?", fragte Sofie mit spöttischem Unterton.

„Nein", entgegnete ich und sah sie mit einem ganz ähnlichen Gesichtsausdruck an. „Nicht nach. Ich pfeife ihn heran. Und ich liebe es, wenn er so deutlich auf mich reagiert."

Wir hatten viel Spaß beim Billard zu viert – auch wenn ich dabei keine sonderlich gute Figur machte. Immer wieder verfehlten die Kugeln das Ziel, das ich ihnen zugedacht hatte. Einmal schoss ich eine davon sogar über den Rand des Tisches hinaus, und Steffen konnte sie nur grad so eben stoppen, bevor sie in den nahen Pool kullerte. Immerhin blieb der Billardtisch unversehrt.

„Eine Kugel über den Rand zu schießen, ist gar nicht so einfach", merkte Jonas an und setzte einen bewundernden Blick auf – gerade so als hätte ich soeben mehrere Kugeln hintereinander eingelocht. Ich beantwortet seine Bemerkung mit einem verlegenen Lächeln und zuckte mit den Schultern.

Während des Spiels erzählten die zwei ein wenig von sich. So erfuhren wir, dass sie beide 23 Jahre alt waren, aus Baden-Württemberg kamen, beide studierten und hier kurz vor Semesterbeginn noch einmal etwas ausspannen und den Sommer verlängern wollten. Diesen Urlaub hatten sie von Sofies großzügigen Eltern geschenkt bekommen. Sie selbst hätten zwar die Partyinsel Ibiza vorgezogen, aber Menorca sei ja auch ganz nett, fügte Sofie hinzu. Zumindest sei der Erholungswert hier sicherlich größer.

Unsere Anwesenheit hielt die zwei keineswegs davon ab, ebenso zu turteln, wie sie das auch ohne uns getan hatten. Sofie wirkte zeitweise regelrecht albern. Das mochte vielleicht auch am Nachmittags-Alkohol liegen. Der Cocktail, den sie leerte, war ja bereits der zweite. Mindestens. Unsere neuen Bekannten nutzten ihre All-inclusive-Armbänder gut aus. Warum auch nicht? Bald holte Jonas erneut Cocktails. Steffen schloss sich an und brachte auch für uns Alkoholhaltiges mit. Offenbar hatte er beschlossen, dass die Kaffeezeit vorüber war.

Als Sofie sich während des Spiels über den Tisch beugte, konnte Steffen nicht widerstehen, ihr tief ins Dekollete zu schauen. Ihr T-Shirt war auch heute relativ weit und erlaubte bei entsprechender Körperhaltung gute Einblicke. Nur sah mein Liebster vielleicht eine Sekunde länger hin, als dass man das noch als dezenten Blick hätte durchgehen lassen können. Ich sah, dass Jonas das bemerkte und fragte mich, was er wohl davon hielt, dass ein fremder Mann seiner Freundin so offen auf den Busen starrte. Doch der

Rothaarige blieb erfreulich entspannt und lächelte nur. Sein Blick wanderte von Steffen zu mir, und ich hatte fast den Eindruck, dass sich sein Lächeln in ein lüsternes Grinsen verwandelte. Nein, stellte ich fest. Diesen Mann störte es nicht, dass andere Männer seine schöne Freundin betrachteten. Im Gegenteil.

Zudem hatte ich auch nicht den Eindruck, dass Sofies Körperhaltung lediglich Zufall war. Dafür bot sie meinem Liebsten zu häufig reizvolle Einblicke. Auch ihren schönen Po bewegte sie mehrfach sehr bewusst, wenn Steffen hinter ihr stand. Wollte sie ihn anmachen? Waren die zwei vielleicht doch keine Normalos? Natürlich sind sie das, stellte meine Realistin fest. Vielleicht spielte Sofie ja einfach nur ein Ich-zeig-dir-mal-was-ich-habe-Spiel.

Kurz darauf stellte ich fest, dass auch Jonas mir ganz offen in den Ausschnitt schaute, wenn ich mich über den Billardtisch beugte. Im Gegensatz zu seiner Freundin trug ich allerdings kein Bikini-Oberteil unter dem Strandkleid, so dass meine Brüste bei entsprechender Körperhaltung wohl recht gut zu sehen waren. Als mir das bewusst wurde, musste ich innerlich grinsen. Ein paar Mal provozierte ich nun auch zufällige Berührungen – sowohl mit Jonas als auch mit Sofie.

Brems dich, murmelte die Mahnerin in mir. Die beiden sind keine Swinger. Und wenn schon, entgegnete meine Erotikfee. Ein bisschen spielen wird man ja wohl trotzdem dürfen – und nicht nur Billard. Das sahen die beiden Studenten wohl ebenso. Auch sie hatten offensichtlich nichts gegen zufällige, leichte

Berührungen, die irgendwann nicht allein von mir ausgingen.

Zudem stellte ich fest, dass Sofie Steffens Blicke auf ihre Oberweite offensichtlich genoss. Einmal tat sie so, als würde sie sich auf den geplanten Stoß mit dem Queue konzentrieren – um dann jedoch aufzuschauen und direkt in die Augen meines Mannes zu sehen. Die beiden sahen sich eine gefühlte Ewigkeit von zwei bis drei Sekunden an, bevor Sofie dann doch ihren Stoß ausführte – der ziemlich deutlich danebenging. Dafür registrierte ich anschließend immer wieder Sofies interessierte Blicke auf meinen gut gebauten Liebsten, der lediglich eine Badehose trug. Vor allem sein knackiges Hinterteil hatte es ihr offenbar angetan.

Wäre dies hier ein Swinger-Date, schoss es mir durch den Kopf, so würde das längst unter die Rubrik Vorspiel fallen. Leider musste ich meiner Realistin jedoch zugestehen, dass dies kein Swinger-Date war, sondern eine ganz harmlose Urlaubsbekanntschaft, aus der wohl kaum mehr werden konnte. Prickelnd war es trotzdem. Sehr sogar!

Handtücher und Sonnenliegen: Ein vielsagendes Logo

Nach einiger Zeit wurde es ziemlich warm in der Nachmittagssonne. So kündigte Jonas ein Bad im Pool an. Er streifte sich sein T-Shirt ab und trug nun nur noch seine karierte Badehose – sowie einen deutlich erkennbaren Sonnenbrand auf dem Rücken. Im nächsten Moment war er auch schon im Wasser; Steffen hüpfte nur Sekunden später hinterher. Auch Sofie streifte ihr T-Shirt ab. Ihr gebräunter Körper sah in ihrem knappen, schwarzen Bikini unglaublich sexy aus. Ich allerdings zögerte.

„Keine Lust auf Abkühlung?", fragte sie mich, während sie noch am Beckenrand stand.

„Doch, sicher", entgegnete ich. „Aber mein Oberteil liegt im Appartement. Ich glaube oben ohne ist hier am Hotelpool nicht angesagt. Oder?"

Sofie schaute sich nun ebenso zögernd um wie ich. Immerhin war die Familie mit den beiden kleinen Kindern, die hier vor einigen Minuten noch geplanscht hatte, jetzt verschwunden. Zumindest für den Augenblick hatten wir den gesamten Innenhof der Hotelanlage für uns. Allerdings hatte man von zahlreichen Appartements aus einen guten Blick auf den Pool, der von den weißen, verschachtelt errichteten Häusern umgeben war.

„Ach naja, was solls", sagte Sofie schließlich und streifte ihr Oberteil ab. „Wir baden beide oben ohne. Dann bist du nicht allein damit. Und rauswerfen werden sie uns schon nicht."

Die junge Frau gefiel mir immer mehr – nicht nur wegen ihrer üppigen, wohlgeformten Brüste, die sie nun freilegte. Da kam beinahe ein wenig Neid in mir auf – obgleich ich von Steffen wie auch von anderen Männern schon häufig Komplimente für meinen Busen erhalten hatte. Der war zwar auch nicht grad klein, aber doch längst nicht so groß wie der von Sofie. Wäre das hier ein Swinger-Date, schoss es mir erneut durch den Kopf, dann hätte ich jetzt große Lust auf diese Frau gehabt – nicht nur auf ihren Freund. Ist aber kein Swinger-Date, flötete meine Mahnerin. Jaja, schon gut, dachte ich, streifte mein T-Shirt ab und sprang gemeinsam mit Sofie in den Pool – wobei ich zuvor die tastenden Blicke beider Männer sehr genau registriert hatte.

Das Wasser war wundervoll. Die Idee, den Nachmittag mit einem Bad zu beschließen, war richtig gut gewesen. Wie beim Billard alberten wir auch im Pool herum, Sofie und Jonas knutschten dabei ganz ungeniert, Steffen und ich taten es ebenfalls – allerdings in einem gewissen Abstand zu den beiden anderen.

„Treffen wir uns nachher zum Abendessen?", fragte Sofie in die Runde, während sie sich etwas später neben ihrer Liege stehend abtrocknete – wobei sie noch eine ganze Weile oben ohne blieb, bevor sie sich dann doch ihr T-Shirt wieder anzog. Ja, stellte ich fest: Diese schöne, junge Frau hatte keine Probleme damit, sich beinahe nackt zu zeigen. Sie genoss männliche Blicke auf ihrem Körper. Zumindest die meines Mannes.

„Gern", entgegnete ich, und auch die beiden Männer nickten zustimmend.

Wir verabredeten uns auf halb acht, dann warfen die beiden ihre Handtücher über die Schultern und schlenderten Hand in Hand in Richtung ihres Appartements davon. Dabei zeigte Sofie noch einen leichten, aber vermutlich nicht zufälligen Wackler mit ihrem Po.

Auch Steffen und ich verließen den Poolbereich, um uns vor dem Abendessen frisch zu machen. Während der kurzen Strecke zu unserer Ferienwohnung musste ich wohl etwas nachdenklich gewirkt haben.

„Na, was treibt dich um?", fragte Steffen jedenfalls, als er die Tür aufschloss.

„Sind dir die Handtücher der beiden aufgefallen?", fragte ich ihn.

„Offen gestanden habe ich mehr auf Sofies Oberweite und ihr Hinterteil geachtet als auf ihr Handtuch", entgegnete er. „Was war damit?"

„Die Handtücher waren beide schwarz mit einem weißen Herz."

„Ja und?"

Steffen verstand noch immer nicht. Aber er hatte ja auch nicht die besondere Form des weißen Herzens auf den Tüchern wahrgenommen.

„Gib mir bitte mal dein iPad."

Ich wischte über den Bildschirm und fand schnell, was ich suchte.

„Das sind ihre Handtücher", sagte ich und zeigte ihm, was ich meinte.

Steffen sah auf das weiße, pixelartig stilisierte Herz auf schwarzem Grund und runzelte die Stirn. So langsam dämmerte es ihm.

„Du meinst …"

„Ja", bestätigte ich. „Die beiden haben das Joyclub-Logo auf ihren Handtüchern."

„Glaubst du, sie sind möglicherweise doch Swinger?"

„Ich weiß nicht so recht, was ich glauben soll. Aber ich kann mir kaum vorstellen, dass diese Handtücher ein Geschenk von Oma sind."

Steffens Stirn ging noch weiter nach oben, seine Augen wurden größer und sein Mund öffnete sich halb. Doch er sagte kein Wort mehr. Das war auch nicht nötig. Ich sah ihm an, dass er in diesem Augenblick eine Chance witterte, Sofies schönen Busen nicht nur zu betrachten. Ihm war natürlich auch klar, dass niemand Handtücher mit dem Logo eines Erotikforums einfach nur so benutzte.

Ich war gespannt auf das Abendessen.

Als wir in Richtung Restaurant-Terrasse gingen, bogen unsere neuen Bekannten ebenfalls gerade um eine Hausecke. Sie hatten uns wohl nicht bemerkt, sodass wir ein Stück des Wegs nicht weit hinter ihnen gingen. Jonas hatte sich eine weiße Leinenhose angezogen und ein rot-kariertes Hemd. Die Hose stand ihm gut und brachte sein durchaus knackiges Hinterteil zur Geltung. Das Hemd war eher so naja, wie ich fand. Sofie trug genau wie ich ein kurzes, dünnes Sommerkleid, das sich eng an ihren Körper schmiegte. Der Unterschied war nur, dass meins schwarz war und ihres pink. Man konnte gar nicht anders, als auf ihren schönen Po zu schauen.

„Da zeichnet sich gar kein Slip drunter ab", murmelte Steffen.

„Woran das wohl liegen mag …", entgegnete ich grinsend und war ganz zufrieden mit mir, weil auch ich unter meinem Kleid weder Slip noch BH trug.

„Traust du dich ohne?", hatte Steffen gefragt, als er mir kurz zuvor beim Anziehen zugesehen und mir dabei meinen Slip über zwei Finger hängend hingehalten hatte.

„Warum nicht", entgegnete ich achselzuckend, nahm ihm den Slip ab und legte ihn zur Seite: „Ich hatte doch gesagt, dass ich den Mann anmache, wenn die Elster zurückkommt."

„Und?"

„Sie war zurückgekommen. Wenn auch erst im letzten Moment."

Ich stellte fest, dass ich doch deutlich mutiger geworden war, seit Sofie und Jonas uns ihre Joyclub-Handtücher gezeigt hatten.

Natürlich konnten wir nicht wissen, ob sich dieses gemeinsame Abendessen wirklich zu einem Swinger-Date entwickeln würde. Die Handtücher mussten ja nicht zwangsläufig bedeuten, dass die beiden wirklich Swinger waren – wenngleich ich die Wahrscheinlichkeit (anders als noch vor zwei Stunden) jetzt doch für recht groß hielt. Aber selbst wenn sie gleiche Leidenschaft lebten wie mein Liebster und ich, so war noch keineswegs ausgemacht, ob wir ihnen nicht ganz einfach zu alt waren. Immerhin war ich mit meinen 32 Jahren neun Jahre älter als Jonas. Und Steffen war sogar 14 Jahre älter als Sofie. Das war zwar ein ähnlicher Altersunterschied, wie wir ihn bei unserem verunglückten Date zwei Tage zuvor anfangs unterstellt hatten (und normalerweise auch problemlos akzeptiert hätten), aber wir wussten, dass nicht alle Swinger über Altersunterschiede hinwegsahen. Auch wir hatten ja von Tatjana und Kai das wahre Alter, das vermutlich noch um einiges höher lag als behauptet, wissen wollen – wenngleich das aufgrund ihrer äußeren Erscheinung sowie ihres arroganten Auftretens dann ohnehin keine Rolle mehr gespielt hatte.

Als Sofie und Jonas auf der Terrasse stehen blieben, um sich nach einem Tisch umzusehen, gesellten wir uns zu ihnen. Erst jetzt bemerkten sie uns und waren sichtlich erfreut, uns zu sehen. Wir suchten uns einen Tisch mit Blick aufs Meer und gingen anschließend gemeinsam zum Buffet, um uns unser Abendessen zu holen.

Bei Fisch, Hühnchen und ziemlich viel Rotwein entwickelte sich eine ebenso lockere und fröhliche Stimmung, wie wir sie bereits am Nachmittag am Pool erlebt hatten. Nach einer Weile hatte ich das Gefühl, die beiden schon ewig zu kennen. Irgendwann hatte ich vermutlich auch ausreichend Wein getrunken, um die beiden auf das Thema anzusprechen, das mich umtrieb:

„Schöne Handtücher hattet ihr da vorhin am Pool", sagte ich und versuchte, möglichst harmlos zu klingen.

„Ja, die haben wir aus einem Online-Shop", erwiderte Jonas ebenso harmlos.

„Ich glaube, den Shop kennen wir", sagte Steffen.

Einen Augenblick herrschte Stille, bevor Sofie Steffen und mich über ihr Weinglas hinweg anblickte und lächelnd entgegnete: „Ach so?"

„Ja", erwiderte ich. „Da gibt es einige schöne Dinge. Und alle mit dem Joyclub-Logo."

„Seid ihr Mitglieder bei Joyclub?", fragte Jonas nun ganz direkt.

„Ja, sind wir", bestätigte Steffen ebenso direkt: „Wir sind Swinger. Ihr doch auch, oder?"

Beide sahen uns einen Augenblick stumm an, bevor Sofie ganz leicht mit dem Kopf nickte und ihr verlegenes Schmunzeln in einen verschwörerischen Blick überging.

„Schon komisch", sagte ich. „Noch vor ein paar Stunden hätte ich darauf gewettet, dass ihr Normalos seid. So jung, verliebt und turtelnd, wie wir euch am Billardtisch erlebt haben, wäre ich nicht auf die Idee gekommen, dass ihr swingt."

„Ist das eine Frage des Alters und des Verliebtseins?", fragte Sofie.

„Naja, 18 sollte man schon sein", erwiderte Steffen lachend.

„Das sind wir", entgegnete Jonas.

„Viel älter waren wir allerdings nicht, als wir damit angefangen haben", fügte Sofie hinzu.

„Waaaaas?", platzte es aus mir heraus. „Und ich dachte immer, wir hätten früh damit angefangen."

„Wie alt wart ihr denn bei eurem ersten Erlebnis?", fragte Jonas.

„Kirsten war 23 und ich 28", entgegnete Steffen.

„Nein", sagte Sofie mit einem verschmitzten Unterton. „Da waren wir etwas früher dran. 23 sind wir jetzt."

„Seit wann macht ihr das?", wollte ich nun wissen.

„Seit ungefähr vier Jahren", entgegnete Jonas.

„Was bringt so junge Menschen zum Swingen?", fragte ich.

„Wir kennen uns schon ewig", begann Jonas. „Wir sind gewissermaßen eine Sandkastenliebe."

„Nein", unterbrach ihn Sofie. „Nicht gewissermaßen. Wir *sind* eine Sandkastenliebe. Wir haben schon im Kindergarten Händchen gehalten. Irgendwann war es fast selbstverständlich, dass wir auch zusammen ins Bett gegangen sind. Und so hat sich das dann immer weiterentwickelt."

„Und irgendwann werden wir natürlich auch mal heiraten", fuhr Jonas fort.

„Ach so?", entgegnete Sofie und lächelte ihren Freund vielsagend an. „Werden wir das?"

Ja, dachte ich. Das werdet ihr. Die vertrauten Blicke, die die beiden in diesem Augenblick austauschten, waren eindeutig.

„Und wie seid ihr nun zum Swingen gekommen?", ließ Steffen nicht locker. „Ist einer von euch beiden bi?"

„Was? Wir? Bi?", erwiderte Jonas lachend. „Nein, wir sind beide hetero."

„Stockhetero!", fügte Sofie hinzu.

Als sie das sagte, nickte ihr Freund zustimmend. Aber für eine Sekunde hatte ich den Eindruck, dass auch ein leichtes Bedauern in seinem Blick lag. Hätte er sich vielleicht gewünscht, dass seine Freundin auch etwas mit anderen Frauen anfangen konnte? Ganz abwegig war der Gedanke nicht. Viele Frauen in der Swingerszene hatten eine mehr oder weniger stark ausgeprägte Bi-Neigung. Ich ja auch, wenn auch nicht allzu sehr. Und viele Männer erregte es, ihre Frauen beim Sex mit einer anderen Frau zu erleben. Auch Steffen sah mir gern beim Spiel der Frauen zu – und stets erkannte ich, wie sehr ihn das anmachte. Das war etwas, das Jonas nicht hatte. Aber vielleicht interpretierte ich in seinen Blick mehr hinein, als er aussagte.

„Das Swingen ist ganz einfach Abenteuerlust", fuhr Sofie fort. „Wir hatten auch vor dem Urlaub überlegt, ob wir bei Joyclub nach einem Paar Ausschau halten sollten, das jetzt auf Menorca ist."

„Mit so etwas kann man eine ziemliche Pleite erleben", murmelte ich und dachte an das verunglückte Date mit Tatjana und Kai.

„Habt ihr aber nicht gemacht?", fragte Steffen.

„Nein", bestätigte Sofie. „Wir haben beschlossen, es dem Universum zu überlassen, ob wir hier jemanden treffen oder nicht."

„Und siehe da", fügte Jonas hinzu und sah uns mit funkelnden Augen an: „Das Universum war hilfreich."

„Ebenso wie die Joyclub-Handtücher", sagte ich nun. „Die waren auch hilfreich."

„Naja", sagte Jonas achselzuckend. „Man muss dem Universum ja auch eine Chance geben."

„Wir hatten übrigens gleich darauf spekuliert, dass ihr Swinger sein könntet", fügte seine Freundin hinzu.

„Ach", entgegnete ich und fragte mich, wo genau auf meiner oder Steffens Stirn das wohl geschrieben stand. Hoffentlich konnten das nicht auch noch andere Menschen so leicht lesen.

„Wie seid ihr darauf gekommen?", fragte mein Liebster.

„War so ein Gefühl", entgegnete Sofie. „Vielleicht wegen der Blicke, mit denen ihr über den Pool hinweg zum Billardtisch geschaut habt. Vor allem der von Steffen war viel offener, als eine Frau ihrem Mann das normalerweise so entspannt nachsehen würde."

Wusste ich doch, dass er nicht sonderlich dezent gewesen war, schoss es mir durch den Kopf.

„Tja", fuhr nun Jonas fort. „Und da haben wir gedacht, dass wir einfach mal die Joyclub-Handtücher auspacken und sehen, wie ihr darauf reagiert."

„Hat allerdings ziemlich lange gedauert, bis ihr die wahrgenommen habt, oder?", warf Sofie ein.

„Ja, erst nach dem Bad im Pool", entgegnete ich.

„Dabei lagen sie schon vorher ganz offen auf der Liege neben dem Billardtisch", sagte Sofie grinsend.

Da hatten Steffen und ich wohl eher Augen für andere Dinge gehabt.

Ich nahm wahr, dass am Nebentisch das Gespräch zwischen der dort sitzenden Frau und ihrem Partner zum Stillstand gekommen war. Stattdessen waren den beiden offenbar lange Ohren gewachsen – spätestens als Jonas (wohl etwas zu laut) Steffens Frage nach einer möglichen Bi-Neigung wiederholt hatte. Bestimmte Schlüsselwörter lösten doch immer wieder reges Interesse unbeteiligter Zuhörer aus – selbst wenn ein solches Wort nur aus zwei Buchstaben bestand.

Ich teilte den anderen drei meine Beobachtung leise mit, und wir reduzierten unsere Gesprächslautstärke. Kurz darauf kam die Unterhaltung am Nebentisch wieder in Gang.

„Was habt ihr denn so für Vorlieben?", fragte Jonas nun in einem Ton, als würde er sich nach der Wetterlage erkundigen.

Vorlieben? Nun ging es aber ernsthaft um das Thema – und nicht nur ganz allgemein. Hatten wir alle vier denn jetzt beschlossen, dass zwischen uns etwas laufen sollte? Jedenfalls verhielten und redeten wir mittlerweile so. Oder theoretisierten wir nur? Zumindest war der viele Rotwein (der wohl auch noch auf einige Cocktail-Überreste vom Nachmittag getroffen war) recht hilfreich für die lockere Stimmung, in der irgendwann niemand mehr ein Blatt vor den Mund nahm.

„Wir mögen so manches", entgegnete Steffen. „Wir küssen gern, mögen Oralsex, und lieben das Durcheinander zu viert."

„Und Kirsten ist bi?", setzte er nach.

„Nicht wirklich", entgegnete ich. „Jedenfalls nicht sehr. Ich stehe schon eher auf Männer. Wobei ich manchmal aber auch nicht abgeneigt bin, einen schönen Frauenkörper anzufassen."

„Nur anzufassen?", grinste Jonas.

„Nun ja", gab ich zu. „Anfassen und ein bisschen mehr."

„Und ihr?", fragte nun Steffen.

„Ich würde sagen: Das ist so ähnlich wie das, was ihr grad beschrieben habt. Eher die normalen Sachen, aber gern zu viert und durcheinander", sagte Sofie.

„Außerdem liebt meine Freundin Busenfick", fügte Jonas hinzu und achtete darauf, das letzte Wort seines Satzes nicht allzu laut auszusprechen.

„Gar nicht!", widersprach sie und schaute ihn mit einem verlegenen Blick an, der seine Aussage allerdings eher bestätigte als abstritt.

„Naja", ergänzte sie. „Vielleicht wenn der Mann einen schönen, großen Schwanz hat. Dann mag ich das schon mal ganz gern."

Steffen bekam geradezu leuchtende Augen, als er das hörte – und ich wusste warum. Seinen eindrucksvollen Schwanz konnte man nicht gerade als klein bezeichnen. Zudem liebte auch er Busenfick – vor allem mit Frauen, die solch üppige Oberweiten hatten wie Sofie. Da haben sich wohl zwei gefunden, flüsterte meine Erotikfee. Mit Sicherheit: Wenn ich an Sofies interessierte Blicke auf Steffens Hinterteil während des Billardspiels dachte, dann konnte es daran eigentlich keinen Zweifel mehr geben.

Ich musste mir eingestehen, es zu bedauern, dass ich an den großen Brüsten dieser schönen Frau wohl nicht würde spielen dürfen. Auch wenn ich im Zweifelsfall stets Männern den Vorzug gab, hätte ich durchaus auch Lust gehabt auf diese junge Frau mit ihrer traumhaften Figur. Ich stellte mir vor, sie zu küssen, ihren Körper mit Händen und Lippen zu erforschen und manches mehr mit ihr zu tun. Doch daraus würde sicher nichts werden. Die Aussagen zum Thema Bisex waren eindeutig und ließen keinen Raum für Interpretationen. Trotzdem spürte ich das Kribbeln in mir. Denn ich wusste, dass sich hier gerade etwas anbahnte, das eine heiße Nacht versprach. Und vielleicht ja nicht nur eine.

„Wie haltet ihr es denn mit Partnertausch?", fragte Steffen. „Also richtigen Partnertausch, meine ich. Inklusive Poppen."

„Ganz ehrlich?", fragte Sofie und sah uns beide durchdringend an.

„Ja, bitte ganz ehrlich", forderte ich sie auf.

„Wie lieben es! Ich finde es unglaublich geil, einen fremden Schwanz in mir zu spüren."

„Und ich finde es geil, Sofie zuzusehen, wenn sie Sex mit einem anderen Mann hat", fügte Jonas hinzu.

„Nur zuzusehen?", konnte ich mir nun nicht verkneifen nachzufragen.

„Nein, nicht nur zuzusehen", entgegnete er und sah mir tief in die Augen.

Weder Slip noch BH: Ein Dessert der besonderen Art

Zunächst hatte niemand von uns bemerkt, dass wir mittlerweile die letzten Gäste auf der Restaurant-Terrasse waren. Erst als der Kellner um uns herum abräumte, fiel uns auf, dass die Zeit für das Abendessen bereits vorüber war – ohne dass sich einer von uns Nachtisch vom Buffet geholt hätte. Da waren wir wohl zu sehr ins Gespräch vertieft gewesen. Aber ich hatte das Gefühl, dass wir doch noch ein Dessert bekommen würden – wenn auch nicht vom Buffet.

„Schade eigentlich", sagte Steffen, als wir uns erhoben. „Man sitzt hier wirklich toll mit dem Blick aufs Meer."

„Von unserem Balkon aus haben wir auch einen Blick aufs Meer", entgegnete Jonas.

„Ernsthaft? Uns haben sie leider nur den Blick auf den Pool gegeben."

„Dann lasst uns doch zu uns gehen und da die Aussicht genießen", sagte Sofie mit einem einladenden Lächeln. „Rotwein haben wir übrigens auch noch."

Die beiden waren wirklich sehr offen – vor allem für ihr Alter. Ich hätte jetzt vermutlich noch ein bisschen drumherum geredet, vielleicht einen Spaziergang zum Strand vorgeschlagen oder irgendetwas in der Art. Aber warum eigentlich nicht direkt in eins der Appartements? Wir alle waren Swinger, und wir alle waren heiß aufeinander. Das war in den vergangenen Stunden nur allzu deutlich geworden.

Sofie und Jonas waren in der oberen Etage untergebracht, und ihr Balkon hatte einen freien Blick auf die Bucht, an der die Hotelanlage errichtet worden war. Tatsächlich zauberten sie eine Weinflasche aus der kleinen Küchenzeile und öffneten sie. Auf dem Balkon stehend stießen wir zu viert an und redeten über Belanglosigkeiten.

„Es ist wirklich ein fantastischer Blick", sagte ich und schaute auf den einige Kilometer entfernten Leuchtturm am Ende der Landzunge.

Sofie und ich stellten unsere Weingläser auf den kleinen Tisch, stützten uns auf die Balkonbrüstung und sahen hinaus aufs Meer. Dabei war mir durchaus bewusst, dass wir beide den Männern unsere Hinterteile in den dünnen, eng anliegenden Kleidern präsentierten. Ganz leicht bewegte ich meinen Po, und ich hatte den Eindruck, dass Sofie das Gleiche tat.

„Nicht wahr", sagte sie ganz harmlos und tat so, als sei unsere provozierende Körperhaltung ein ganz selbstverständlicher Bestandteil des Smalltalks: „Hier haben wir die letzten Abende immer gesessen und dem Leuchtturm zugesehen. Das hat schon etwas Meditatives."

Natürlich wunderte es mich keineswegs, dass die Männer hinter uns das jetzt nicht mehr unter Smalltalk abbuchten. Sie reagierten, wie ich es erwartet hatte – und alles andere hätte mich vielleicht auch an meiner Weiblichkeit zweifeln lassen.

Ich konnte nun Steffens Atem im Nacken spüren. Kurz darauf waren seine Lippen an meiner Haut. Sein Kuss kitzelte etwas, und ich realisierte plötzlich, dass der küssende Mann hinter mir einen ernsthaften Bart trug. Steffens Drei-Tage-Stoppel fühlten sich anders an. Ohne mich groß zu bewegen, schielte ich zur Seite und sah meinen Liebsten, dessen Lippen sich in diesem Augenblick zu Sofies Schultern tasteten, während seine Finger die Träger ihres Kleides ein wenig zur Seite schoben. Aha, stellte ich fest. Die Herren hatten sich auf Partnertausch von Anfang an verständigt. Hatte Jonas das angeschoben oder Steffen? Aber eigentlich war mir das auch egal. Ich genoss die zärtlichen Lippen in meinem Nacken, die mir eine Gänsehaut bescherten. Ein wohliges Schauer durchlief meinen Körper.

Jonas beließ es nicht mit Liebkosungen an Hals und Nacken. Seine Hände griffen zu meinen Hüften, er schmiegte sich von hinten an mich, und ich konnte seine Erektion an meinem Po spüren. Ich bewegte erneut mein Hinterteil, woraufhin er mutiger wurde und sich enger an mich drückte. Zugleich wanderten seine Hände um meinen Körper herum und über meinen Bauch zu meinem Busen. Durch den Stoff meines Kleides hindurch massierte er mir die Brüste.

Ich schielte wieder zur Seite und nahm wahr, dass mein Liebster mit Sofie so ungefähr das Gleiche tat. Nur mit dem Unterschied, dass er ihr die Träger des Kleides inzwischen ganz über die Schultern geschoben und so ihren Oberkörper freigelegt hatte. Einen BH trug sie ebenso wenig wie ich. Steffens Hände massierten ihre nackten Brüste, und an ihrem verklärten Gesichtsausdruck konnte ich sehen, wie sehr die Berührungen meines Mannes sie erregten. Im nächsten Moment rutschte Sofies Kleid komplett zu Boden. Da sie genau wie ich auch keinen Slip trug, war sie nun nackt – abgesehen von ihren Pumps.

Im nächsten Augenblick drehte sie sich zu Steffen um, küsste ihn, nahm seine Hand und führte ihn ins Innere des Appartements – und somit aus meinem Blick. Was ich schade fand, denn Jonas machte zunächst keine Anstalten, den beiden zu folgen. Mich hatte es schon immer erregt, meinem Mann beim Sex mit einer anderen Frau zuzusehen – am liebsten, wenn auch ich gleichzeitig Sex mit einem anderen Mann hatte. Das wurde mir in diesem Augenblick leider verwehrt.

So überließ ich mich dem Mann hinter mir. Ich erwartete, dass auch Jonas mir das Kleid abstreifen würde. Doch stattdessen schob er seine Hände nur darunter und tastete sich in meinen Schoß. Ganz automatisch öffnete ich die Beine ein wenig, um seinen Fingern den Zugang zu meinem Schatzkästchen zu ermöglichen – was er umgehend nutzte. Als er meine Muschi erreichte, stöhnte ich leicht auf. Er streichelte mich, und ich genoss es. Dennoch wurde auch ich nun aktiv, schob eine Hand nach hinten und ertastete die Beule in seinem Schoß. Ich massierte sie, so gut das in dieser Stellung möglich war und spürte seine wachsende Erregung. Zugleich öffnete er selbst den Gürtel seiner Hose und ließ sie nach unten rutschen. Meine Finger glitten in den Slip und bekamen seinen steifen Schwanz zu fassen.

Im nächsten Augenblick löste er sich jedoch kurz von mir. Ich blieb einfach stehen und war gespannt, was er vorhatte. Aus den Geräuschen in meinem Rücken schloss ich, dass er sich die Hose ganz auszog. Anschließend schob er mein kurzes Kleid nach oben und legte so meinen Po frei. Als er sich nun wieder an mich drückte, wusste ich, dass ich richtig vermutet hatte: Jonas trug nun weder Hose noch Slip. Sein Schwanz drückte sich an meinen Po und drängte sich zwischen meine Oberschenkel. Bevor ich ihm jedoch Einlass gewährte, griff ich mit der Hand nach seinem Ständer. Ich stellte zufrieden fest, dass er in ein Kondom verpackt war – woher auch immer er das nun so schnell zur Hand gehabt hatte. Meine Beine öffneten sich, und sein Schwanz fand den Weg zu meiner Muschi. Er streichelte die Schamlippen mit der Schwanzspitze; im nächsten Augenblick war er in mir.

Jonas nahm mich von Anfang an mit schnellen und heftigen Stößen. Ich hielt mich dabei am Balkongeländer fest und schaute in die Dunkelheit. Ob irgendjemand dort draußen wohl ahnte, was hier gerade geschah? Natürlich nicht. Da war ja auch niemand. Nur in der Ferne sah ich die Lichter eines Schiffes und den Schein des Leuchtturms. Ansonsten war alles dunkel. Es gab nur uns: zwei im Stehen fickende Menschen auf einem Balkon.

Und natürlich auch unsere beiden Liebsten im Schlafzimmer. Ich hörte das Bett quietschen und fragte mich, wie Sofie und Steffen es wohl gerade taten. Bald darauf hörte ich einen weiblichen Orgasmusschrei. Nicht sehr laut, aber eindeutig. Es klang eher wie ein Wimmern, doch wir konnten es hier auf dem Balkon ganz gut hören.

„Ich glaube, Sofie geht's grad richtig gut", sagte ich.

„Ja", entgegnete Jonas, und in seiner Stimme lag ein gewisses Erstaunen. „Es hört sich so an."

Dabei steigerte er sein Tempo immer mehr. Ich war mir sicher, dass der Höhepunkt seiner Freundin ihn zusätzlich angemacht hatte. Er fickte mich nun wie besessen – und leider dauerte es nicht allzu lange, bis er in mir kam.

Das ging aber schnell, dachte ich, während seine Stöße nachließen. Das ist eben der Nachteil, wenn du es mit einem so jungen Mann treibst, lächelte die Erotikfee in mir. Die sind manchmal sehr schnell. Da hatte sie wohl recht. Die Erfahrung machte ich nicht zum ersten Mal.

Bevor sein Schwanz ganz zusammenfiel, zog er sich aus mir zurück, wobei er das Gummi festhielt, damit es nicht im letzten Moment abrutschte. Schön, dass er auf so etwas achtete, dachte ich. Das tat leider nicht jeder Mann, wie ich schon festgestellt hatte.

Bei mir hatte sich noch längst kein Höhepunkt angedeutet, aber diese kurze Nummer im Stehen war dennoch geil gewesen. Außerdem war die Nacht ja noch jung. Ich drehte mich zu Jonas, umarmte und küsste ihm. Unsere Zungen spielten miteinander, seine Hände schoben sich zu meinen Pobacken, und endlich streifte er mir das Kleid über den Kopf, sodass sich unsere nackten Körper aneinander schmiegten. Erst jetzt fiel mir auf, dass er auch sein Hemd längst ausgezogen hatte. Ich fragte mich, wann ihm das abhanden gekommen sein mochte. Vermutlich während der kurzen Zeit, als er sich von der Hose befreit und seinen Schwanz in ein Kondom gesteckt hatte.

„Wollen wir mal zu den anderen beiden schauen?", flüsterte ich ihm ins Ohr.

Er nickte, und wir gingen Hand in Hand ins Schlafzimmer. Im Dämmerlich sah ich die nackte Sofie auf dem Rücken liegen und meinen Mann zwischen ihren Beinen. Er fickte sie mit langsamen und tiefen Stößen. Nun ja, Steffens großer Schwanz konnte eigentlich auch kaum anders als tief. Sofie hatte ihre Hände auf seinem Rücken; ich konnte erkennen, wie sich ihre Fingernägel in seine Haut drückten. Sie hatte die Augen geschlossen und konzentrierte sich offenbar ganz auf den Mann zwischen ihren Beinen. Ihr ganzer Körper verkrampfte sich, und ich ahnte, dass es ihr bald ein zweites Mal kommen würde. Ich wusste, wie es aussah, wenn eine Frau kurz vor dem Höhepunkt war. Doch in diesem Fall sollte ich mich irren.

Irgendwann öffnete sie die Augen, sah Steffen an und schüttelte mit bedauerndem Blick den Kopf. Ihre Verkrampfung löste sich wieder. Offensichtlich war sie nicht gekommen und wusste wohl auch, dass das nicht mehr passieren würde. Ich fühlte mit ihr. Manchmal ging auch mir das so: Ein Höhepunkt kündigte sich an, aber dann wollte er einfach nicht kommen. Jedenfalls in bestimmten Stellungen war das bei mir zuweilen so.

Als Steffen erkannte, dass er Sofie so offenbar nicht noch einmal zum Orgasmus bringen würde, beschloss er wohl, etwas anderes mit ihr zu tun. Er zog sich aus ihr zurück, hockte sich über ihren Oberkörper und zog das Kondom ab. Ich wusste genau, was er nun wollte und sollte recht behalten: Er legte seinen Schwanz zwischen ihre großen Brüste, Sofie drückte diese mit ihren Händen selbst zusammen, und Steffen begann einen Busenfick. In beider Augen sah ich die Erregung, die ihnen diese Spielart bescherte.

Für einen Augenblick war ich versucht, mich zwischen Sofies Beine zu legen, und sie mit meiner Zunge zu verwöhnen. Vielleicht würde ihr das ja den verpassten Höhepunkt bescheren. Die glattrasierte und feucht-glänzende Muschi dieser schönen Frau war auch für mich überaus verlockend – nicht zuletzt deshalb, weil dort grad eben noch der Schwanz meines Liebsten gewesen war. Doch ich hielt mich zurück. Stockhetero, hatten die beiden beim Abendessen gesagt. Da sollte ich nun besser nicht mit bisexuellen Aktionen stören – und möglicherweise verstören. Leider kam auch Jonas nicht auf die Idee, seiner

Freundin behilflich zu sein. Wie ich, blieb er an der Tür stehen und sah den beiden im Bett einfach nur zu.

Es war sehr deutlich, dass sowohl Sofie als auch Steffen diese kleine Sex-Spielerei mochten. Steffen liebte große Brüste, und Sofie war ganz offensichtlich von dem großen Schwanz fasziniert, der sich in diesem Augenblick dazwischen befand. Ja, dachte ich. Da hatten sich zwei gefunden. Dass Sofie beim Abendessen eine Vorliebe für Busenfick hatte erkennen lassen, hatte wohl wie eine Einladung auf meinen Liebsten gewirkt. Eine Einladung, die er liebend gern angenommen hatte.

Steffen bewegte sich nun deutlich schneller, als er es in ihr getan hatte. Ich sah leichte Schweißperlen auf seiner Stirn, sein Atem ging schwerer – und schließlich erkannte ich, wie sein Sperma zwischen Sofies Brüsten hervorquoll und sich bis zu ihrem Hals ergoss. Ich war mir im ersten Moment nicht ganz sicher, ob Sofies Einladung auch dies noch beinhaltete. Nicht jede Frau mochte fremdes Sperma auf ihrer Haut. Auch ich war keineswegs gewillt, so etwas von jedem Mann hinzunehmen – wenngleich es natürlich auch immer darauf ankam, wohin ein Mann spritzte. Bei meinen Brüsten war ich relativ großzügig.

Sofie sah das offenbar genauso. Ihre funkelnden Augen verrieten, dass Steffen keineswegs zu weit gegangen war. Sie griff zu seinem Schwanz und verrieb den Saft auf ihrer Haut, sodass ihr gesamter Busen schließlich im schwachen Licht feucht schimmerte. Ich wusste, dass Männer so ein Anblick anmachte. Aber auch ich musste zugeben: Es sah geil aus. Ein bisschen reizte es mich, das Sperma meines Liebsten von den Brüsten der anderen Frau zu lecken. Aber auch das verkniff ich mir. Stockhetero, raunte mir meine Mahnerin zu, während meine Erotikfee ein bisschen enttäuscht schwieg.

Schließlich kamen die beiden zur Ruhe, Sofie zog Steffens Kopf zu sich und küsste ihn. Es wurde ein langer Kuss, und schließlich sagte sie leise zu ihm:

„Das war wunderschön, was du da mit mir gemacht hast."

Es sah beinahe so aus, als hätte sie Tränen in den Augen. Aber da war ich mir nicht ganz sicher.

Jonas und ich setzten uns zu den beiden, ich schmiegte mich an meinen Liebsten, und auch Jonas küsste seine Freundin.

„Das sah ziemlich heiß aus", sagte ich schließlich zu Sofie. „Du hast tolle Brüste. Ich kann mir gut vorstellen, dass sich ein Schwanz dazwischen geil anfühlt."

„Ja, da hast du recht", entgegnete sie und zwinkerte mir zu. „Aber das meinte ich gar nicht."

„Sondern?", fragte ich.

„Der Orgasmus, den Steffen mir beschert hat. Es war zwar nur ein ganz sanfter, aber es war ein Orgasmus. Und ich wäre sogar fast noch einmal gekommen."

„Nun ja", erwiderte ich lächelnd: „Da bist du nicht die erste Frau, die das mit Steffen erlebt."

„Ja", entgegnete sie seufzend. „Ich weiß, dass manche Frauen leicht zum Höhepunkt kommen. Ich gehöre leider nicht dazu. Schon gar nicht zweimal hintereinander."

Mit dieser Bemerkung hatte sie mich neugierig gemacht, aber ich nickte nur. Statt nachzufragen stand ich auf, reichte Sofie die Hand, und sagte:

„Ich würde gern kurz duschen. Kommst du mit?"

Sie sah an sich herunter, fuhr mit einer Hand über ihre spermaverschmierten Brüste und entgegnete: „Ich glaube, das ist eine gute Idee."

Als wir die Badtür hinter uns geschlossen hatten, wollte ich es dann aber doch genauer wissen:

„Hast du ernsthaft Probleme, zum Orgasmus zu kommen?"

„Leider ja", entgegnete sie, während sie das Wasser der Dusche aufdrehte. „Normalerweise komme ich nur, wenn ein Mann mich auch mit den Fingern streichelt. Oder sehr gefühlvoll leckt. Oder am besten beides. Selbst dann ist es keineswegs ausgemacht, dass es klappt. Was meinst du, wie viele Fast-Höhepunkte ich schon erlebt habe. Kurz davor, aber Pech gehabt. Das macht mich manchmal wahnsinnig. Und wenn ich einen Höhepunkt habe, dann ist er meistens eher so naja. Einen richtigen Knaller, der meinen ganzen Körper zum Beben bringt, erlebe ich extrem selten."

„Das ist schade", entgegnete ich mitfühlend.

„Bei dir ist das vermutlich anders. Oder?"

„Och naja, eigentlich habe ich keine Probleme damit. Ich komme zwar nicht in jeder Position, aber in
der Missionarsstellung oder wenn ich oben bin,
klappt das meistens ganz gut."

„Das heißt, du kommst allein durchs Poppen?"

„Ja, nicht immer, aber auch nicht unbedingt selten.
Du hattest das doch mit Steffen eben auch. Oder habe
ich das falsch wahrgenommen?"

„Nein, das war so. Deshalb fand ich das ja so toll.
Ich war selbst ganz überrascht."

„War es denn ein Knaller? Oder eher ein Naja?"

„Ganz ehrlich?"

„Ja, bitte."

„Eher ein Naja. Aber es war wenigstens mal wieder
ein Orgasmus. Und das allein durch seine Stöße. Das
habe ich wirklich noch nicht oft erlebt."

„Da hatte Steffen wohl den richtigen Winkel und
den richtigen Rhythmus", sagte ich grinsend, während Sofie aus der Dusche stieg und mir dort Platz
machte.

„Ja, das auch", erwiderte sie ebenfalls mit leichtem
Grinsen. „Außerdem hat er einen tollen Schwanz. Ich
will nicht sagen, dass mein Höhepunkt daran gelegen
hat, dass er größer ist als der von Jonas. Aber nachtei-
lig war es sicher nicht. Allein schon wegen des Kopf-
kinos. Der Gedanke, so ein großes Ding in sich zu
haben, ist schon erregend."

„Ja", bestätigte ich. „Steffen hat einen eindrucksvollen Schwanz. Vor allem, wenn er ganz steif ist. Hast du zum ersten Mal so einen großen in dir gespürt?"

„Nein, das nicht. Aber außer Jonas hat mich noch nie ein Mann zum Höhepunkt gefickt."

Und dann fügte sie versonnen hinzu: „Das darf Steffen gern noch einmal machen."

„Ich bin sicher, er wird es gern versuchen."

Wir kehrten ins Schlafzimmer zurück, auch die Männer gingen nacheinander kurz ins Bad, bevor wir uns alle vier wieder auf dem Doppelbett versammelten und bei Kerzenschein und Rotwein unsere Unterhaltung fortsetzten. Nun allerdings redeten wir nicht mehr über Orgasmusprobleme. Ich war mir auch sicher, dass Sofie ganz froh gewesen war, dass sie dieses Thema von Frau zu Frau hatte besprechen können. Ohne männliche Ohren war so etwas ja doch einfacher und ehrlicher zu bereden – wenn man so etwas denn bereden wollte.

„Ich fand es toll, dass du eben auf dem Balkon ein Kondom zur Hand hattest", sagte ich zu Jonas, während seine Hand über mein Bein streichelte.

„Jonas hat immer Kondome zur Hand", erwiderte Sofie lächelnd.

Ich hatte den Eindruck, sie beschreibe das Verhalten meines Liebsten. Steffen und ich sahen uns verschwörerisch an, und ich wusste, dass er den gleichen Gedanken hatte wie ich. Auch er steckte stets Gummis ein, wenn auch nur im Entferntesten die Möglichkeit für Sex mit anderen Partnern bestand. Diese beiden jungen Menschen waren uns gar nicht so unähnlich, stellte ich fest.

Es dauerte nicht allzu lange, bis unser Gespräch wieder erstarb. Aus dem sanften Streicheln nackter Haut wurde zunehmend ein ernsthaftes Fummeln. Als Steffen schließlich seinen Kopf zwischen Sofies Beinen vergrub, beugte auch ich mich in Jonas' Schoß. Sein Schwanz war ziemlich schlaff, aber ich war mir sicher, dass ich das ändern konnte. Als ich ihn zu blasen begann, war ich lediglich überrascht, wie schnell mir das gelang. Sofie hatte schon recht: Der Schwanz ihres Freundes war kleiner als der meines Liebsten, hatte aber eine durchaus normale Größe. In meinem Mund richtete er sich bald vollends auf und wurde sehr hart.

Als ich währenddessen zu Jonas schielte, sah ich, wie er mit seiner Freundin wilde Küsse austauschte und ihre Brüste massierte. Hatten wir eben Sex mit getauschten Partnern erlebt, so bahnte sich nun ein echter Vierer an – was mir eigentlich mehr gefiel als einfach nur Partnertausch. Auch Steffen und ich waren beim Sex mit anderen normalerweise bemüht, in irgendeiner Weise Kontakt miteinander zu halten. Sei es durch Küsse, gelegentliches Anfassen oder einfach nur durch Blicke.

Ich streckte eine Hand zu meinem Liebsten aus und bekam seinen Schwanz zu fassen. Er war noch nicht wieder ganz steif, was sich in meiner Hand aber änderte – wenn auch längst nicht so schnell, wie ich das eben bei Jonas erlebt hatte.

Ich beugte mich zur Seite und wechselte zu Steffen. In meinem Mund wurde auch er bald wieder richtig hart. Meine Hand streichelte zugleich Jonas' Männlichkeit – und bekam Gesellschaft. Auch Sofie streckte ihre Hand zu ihrem Freund aus, und kurz darauf beugte auch sie sich in seinen Schoß und nahm ihn in den Mund. Dabei trafen sich unsere Blicke, und sie zwinkerte mir zu. Immer wieder lächelten wir uns während des Blasens an, und schließlich verständigten wir uns wortlos auf einen Tausch.

Bevor Sofie Steffens Schwanz in den Mund nahm, sah sie ihn einige Sekunden aus unmittelbarer Nähe mit großen Augen an – gerade so, als habe sie Zweifel, ob sie ihn überhaupt in dem Mund bekommen würde. Aber so groß war er ja nun auch wieder nicht. Schließlich legte sie ihre Lippen darum, und ich war erstaunt, wie tief sie ihn in den Mund nahm. Steffen stöhnte auf. Ich wusste, dass ihn nicht nur Sofies Liebkosungen erregten, sondern auch der Gedanke, von einer derart schönen, jungen Frau verwöhnt zu werden.

Schließlich aber wollte ich mehr. Ich griff zu einem der Kondome auf dem Nachttisch, riss die Verpackung auf und rollte es Jonas über den Schwanz. Kurz entschlossen setzte ich mich auf ihn und begann, ihn zu reiten. Er griff zu meinen Pobacken und knetete sie dabei. Wir fanden schnell einen gemeinsamen Rhythmus und ich sah, wie er immer wieder meine Brüste anstarrte, die im Takt über ihm wippten. Schön, dass ihm auch dein Busen gefällt, flüsterte zufrieden meine Erotikfee. Wie zur Bestätigung griff

Jonas danach und nahm meine Brüste fest in die Hände.

Neben uns passierte kurz darauf das Gleiche: Sofie setzte sich auf Steffen und begann, ihn zu reiten. Auch mein Liebster griff zu ihren Brüsten – aber nur mit einer Hand. Die andere ließ er zu mir wandern und knetete auch meinen Busen. Dann aber konzentrierte er sich auf Sofie, und ich war wieder ganz bei Jonas.

Halb stieß er mich von unten, halb ritt ich auf ihm. Es fühlte sich geil an, wie wir es taten. Und bald darauf spürte ich einen Höhepunkt nahen. Jetzt durfte Jonas nur nichts verändern. Bitte ganz genau so weitermachen, dachte ich nur. Erfreulicherweise folgte er meiner gedanklichen Aufforderung und kurz darauf schrie ich meinen Orgasmus heraus. Vielleicht nicht sehr laut, aber doch lauter als Sofie vorhin – und deutlich genug, dass vielleicht auch der ein oder andere Hotelgast, der möglicherweise in diesem Moment draußen unter dem Balkon vorbeigehen mochte, es hören konnte.

Während mein Höhepunkt abebbte, stieß Jonas unvermindert weiter in mich. Ich blickte zur Seite, sah Steffens Lächeln und warf ihm einen Luftkuss zu, den er erwiderte. Auch Sofies sah mich an. In ihrem Blick lag eine Mischung aus Lächeln und Sehnsucht. Natürlich wollte auch sie einen Höhepunkt erleben, war aber wohl noch relativ weit davon entfernt. Ich hätte liebend gern meine Hand in ihren Schoß gelegt, um dabei behilflich zu sein. Aber die Mahnerin in mir schrieb das imaginäre Wort „stockhetero" auf Sofies Stirn. Also ließ ich es.

Auch Steffen ahnte wohl, dass er sie eher in der Missionarsstellung würde befriedigen können. Jedenfalls packte er nun ihre Pobacken und drehte sie um, ohne dass sein Schwanz aus ihr herausrutschte. Jedenfalls nicht augenblicklich. Die Aktion hatte allerdings eine unerwartete Nebenwirkung.

Ich weiß gar nicht mehr was ich zuerst wahrgenommen hatte: Sofies entsetzten Schrei, das Geräusch von rutschendem Holz auf Steinfliesen oder die Bewegung unseres Liebeslagers. Jedenfalls hatten Sofie und Steffen mit ihrer Drehung auch die beiden leichten Betten verschoben. Sie rutschten auseinander, Sofie steckte kurz dazwischen und landete im nächsten Augenblick unsanft mit dem nackten Po auf dem harten Steinfußboden. Steffen konnte sich gerade so noch über ihr halten, aber auch er blickte ebenso verblüfft wie wir alle auf den kleinen Abgrund, der sich zwischen den Betten aufgetan hatte – und die nackte Frau, die dort hineingerutscht war.

Es war Sofie, die als erste zu lachen begann. Und alle vier kamen wir eine ganze Weile aus dem Lachen nicht mehr heraus. An sich mag ich es sehr, wenn wir beim Sex Spaß haben und auch lachen können. Aber dieses Mal war das alles nicht gerade förderlich für unsere erotische Stimmung, die sich nun fürs erste verflüchtigte. Jonas´ Schwanz schrumpfte spürbar in mir und verabschiedete sich dann ganz aus meiner Muschi.

Nur ich war zum Höhepunkt gekommen. Ein guter Ausgleich dafür, dass du in der ersten Runde als einzige unbefriedigt geblieben warst, flüsterte meine Erotikfee. Da mochte ich nicht widersprechen.

Wir schoben das Chaos wieder zusammen und waren uns einig, dass Doppelbetten im Hotel doch besser richtige Doppelbetten sein sollten und nicht einfach nur zusammengeschobene Einzelliegen. Leider war das in Spanien aber oftmals so wie hier. Das alles war ein deutlicher Break in unserem Liebesspiel. Allerdings dauerte es nur wenige Minuten, bis wir wieder in Stimmung kamen.

Sofie war es, die unser erotisches Spiel erneut in Gang brachte. Trotz des recht sachlichen Gesprächs über Hotelbetten und Steinfußböden hatte sie bald wieder beide Schwänze in den Händen – die sich dort auch sehr schnell wieder vollends aufrichteten. Zu meiner Überraschung zog sie aber beiden Männern die Kondome ab und warf sie zur Seite. Sie küsste Jonas, flüsterte ihm etwas ins Ohr und legte sich auf den Rücken. Sie öffnete ihre Beine und ihr Freund legte sich auf sie. Es sah sehr liebevoll und sehr harmonisch aus, wie er in sie eindrang und sie mit langsamen, offenbar sehr gefühlvollen Stößen nahm.

Im ersten Moment hatte ich den Eindruck, dass die beiden nun ganz bei sich waren. Doch Sofie streckte erneut eine Hand aus und tastete sich zu Steffens Schwanz. Dabei sah sie ihn an und warf ihm einen Luftkuss zu. Er verstand, was sie wollte und kniete sich neben sie, so dass sie ihn mit dem Mund erreichen konnte. Die Frau wollte beide Männer spüren, und ich gönnte es ihr gern. Während ihr Liebster in ihr war, stieß Steffen sanft seinen Schwanz in ihren

Mund. Wie tief er das tun durfte, bestimmte sie selbst, indem sie ihn mit der Hand festhielt.

Schließlich aber tat Sofie das, was ich zuvor schon erwartet hatte: Sie konzentrierte sich ganz auf Jonas, dessen Stöße in ihr schneller wurden. Ich gab Steffen einen Kuss, legte mich auf das andere Bett und öffnete ebenfalls meine Beine. Er kam zu mir und nahm mich auf die gleiche Weise, wie Jonas es mit Sofie tat. Ich klammerte meine Beine um die Hüften meines Liebsten, er stieß kräftig und tief in mich, und bald spürte ich einen erneuten Höhepunkt nahen. Es war ein ganz sanfter, stiller Orgasmus, den Steffen mir schenkte. Er durchzuckte dennoch meinen ganzen Körper, und ich klammerte mich fest an meinen Mann. Er hielt nur einen Moment inne, dann fickte er weiter. Kurz drauf kam auch er in mir – ähnlich sanft und ruhig, wie ich es gerade selbst erlebt hatte. Steffen blieb in mir, aber beide entspannten wir uns wieder.

Sofie und Jonas waren noch nicht so weit. Es sah sehr erotisch aus, wie sie ihre schönen, langen Beine angewinkelt hatte und Jonas sich dazwischen bewegte. Er hatte sein Tempo jetzt etwas gesteigert, Sofie hatte die Augen geschlossen und drückte ihm ihren Schoß entgegen. Ich erkannte, dass sie sich zunehmend anspannte. Offenbar war sie nun doch kurz vor einem Höhepunkt. Dieses Kurz-davor dauerte allerdings ziemlich lange. Irgendwann öffnete sie die Augen, sah ihren Liebsten an und schüttelte mit enttäuschtem Gesichtsausdruck den Kopf. Jonas zuckte mit den Schultern. Nur ganz leicht, eigentlich kaum wahrnehmbar. Aber ich hatte es dennoch bemerkt und Sofie natürlich auch. Offenbar hatte er nun beschlossen, für sich selbst zu sorgen. Jedenfalls wurde er jetzt deutlich schneller, und kurz darauf kam er in ihr.

Als er wieder zur Ruhe gekommen war, sank er auf seiner Freundin zusammen und sie küsste ihn zärtlich. Erfreulicherweise war die Sache für ihn damit aber noch nicht beendet. Jonas rutschte tiefer und vergrub seinen Kopf zwischen Sofies Beinen. Ich sah an ihrem Gesicht, dass sie die Liebkosungen seiner Zunge an ihrer Muschi genoss. Er leckte sie lange. Erneut hatte ich den Eindruck, dass sie fast soweit war. Irgendwann aber nahm sie seinen Kopf in die Hände, zog ihn aus ihrem Schoß, sah ihn an und schüttelte erneut den Kopf. Daraufhin küsste er noch einmal kurz ihre Muschi und legte sich dann neben sie. Sofie schmiegte sich an ihn und kuschelte sich in seinen Arm.

„Manchmal geht es einfach nicht", sagte sie leise.

Niemand von uns erwiderte etwas. Aber sie hatte ihre Worte wohl auch mehr an sich selbst gerichtet.

Zuschauer im Halbdunkel: Die Fremden vor der Tür

Als Steffen und ich spät in der Nacht durch die Hotelanlage zu unserem Appartement zurückgingen, kamen wir an dem Billardtisch neben dem Pool vorbei, an dem wir einige Stunden zuvor den beiden nähergekommen waren. Ich blieb stehen und ließ eine

Hand über das Tuch des Tisches gleiten – gerade so, als könne ich auf die Weise ein wenig vom Zauber jenes Nachmittags mitnehmen. Ich sah mich um. Es war völlig still in den Häusern ringsum. Alles schien zu schlafen, nicht einmal ein Vogel war zu sehen oder zu hören. Auch das Wasser im Pool war spiegelglatt.

Am liebsten hätte ich Steffen nun noch einmal verführt – hier und jetzt und auf dem Billardtisch. Ich zog mein kurzes Kleid ein wenig hoch, setzte mich mit dem blanken Po auf den Tisch und öffnete meine Beine, sodass er einen Blick auf meine Muschi hatte. Steffen sah mich an, in seinem Blick lag eine Mischung aus Erstaunen und Geilheit. Er stellte sich vor mich, ich schlang meine Beine um seine Hüften und wir küssten uns: gierig, leidenschaftlich, lange. Ich spürte, dass er eine Erektion bekam, die sich in meinen Schoß drückte.

„Die werfen uns raus", sagte er schließlich, obgleich ich ihm ansah, wie heiß ihn die Situation machte.

„Ich weiß", entgegnete ich nur und hielt ihn fest.

Natürlich hatte er recht. Niemand wusste, ob wirklich alle schliefen – was wohl auch eher unwahrscheinlich war. So sehr mich ein Quickie auf dem Billardtisch gereizt hätte: Das ging nun wirklich nicht. Wir waren hier mitten in der Hotelanlage, gleichsam auf einem Präsentierteller. Zahlreiche Hotelgäste hätten uns zusehen können. Aber irgendwie reizte es mich doch immer mal wieder, meinen Liebsten zu einem Spiel zu animieren, das ich selbst auch nicht mitgespielt hätte. Sein hilfloser Blick in solchen Momenten war einfach süß.

Als wir kurz darauf in unserem Appartement waren, konnte es jedoch nicht schnell genug gehen. Wir machten kein Licht, das diffuse Zwielicht von draußen reichte völlig. Steffen öffnete nur seine Hose, schob mein Kleid nach oben und nahm mich von hinten im Stehen – nur einen Meter von der Terrassentür entfernt, die wir offen gelassen hatten. Anders als die Ferienwohnung von Sofie und Jonas lag unser Appartement nicht in einer der oberen Etagen, sondern im Erdgeschoss. Die Terrassentür war zugleich die Eingangstür – und direkt vor unserer kleinen Terrasse gingen häufig Menschen vorbei. Jedenfalls zu anderen Tageszeiten.

Der Gedanke, dass irgendwelche Nachtschwärmer im Vorübergehen möglicherweise etwas von unserem Liebesspiel mitbekommen könnten, war durchaus prickelnd – wenngleich wir ja im Halbdunkel unserer Ferienwohnung verborgen waren. Man hätte vermutlich stehenbleiben müssen, um uns sehen zu können. Allerdings waren wir weder unsichtbar noch lautlos.

Als jedoch tatsächlich zwei Männer an unserer Terrasse entlanggingen, wurden Steffens Stöße sehr langsam und wir beide sehr still. Die Fremden waren höchstens drei, vier Meter von uns entfernt, die Tür stand sperrangelweit offen, das kleinste Geräusch hätte zu dieser stillen Nachtzeit auf uns aufmerksam machen können. Und wenn einer von den beiden da draußen in das offen stehende Appartement geschaut hätte, dann hätte er uns vermutlich auch gesehen.

Die beiden gingen weiter, blieben jedoch ein paar Meter entfernt und noch immer in Sichtweite stehen. Der eine sagte irgendetwas zu dem anderen, woraufhin beide leise lachten. Dann drehten sie sich kurz zu uns um und setzten schließlich ihren Weg fort. Hatten sie doch etwas mitbekommen? Hatten sie uns gesehen? Oder hatten sie nur zufällig in Richtung unserer offen stehenden Tür geschaut? Ich wusste es nicht. Aber der Gedanke erregte mich – und Steffen offensichtlich auch. Jedenfalls stieß er mich nun deutlich heftiger als zuvor.

Schließlich wurde uns die Nummer im Stehen aber zu unbequem, und wir wechselten ins Schlafzimmer. Auf den wenigen Metern dorthin verloren wir unsere Sachen – was bei mir deutlich schneller ging als bei Steffen. Im Bett angekommen, nahm er mich in der Missionarsstellung. Mein Liebster fickte mich mit schnellen und tiefen Stößen und bescherte mir einen heftigen Orgasmus. Dieses Mal fast gleichzeitig mit ihm – was wir eher selten erlebten. Was für eine Nacht!

Zu meinem eigenen Erstaunen fühlte ich mich am nächsten Morgen trotz Schlafmangels recht fit. Sofie und Jonas wirkten hingegen noch ziemlich müde, als sie zum Frühstück erschienen. Sie kamen mit Tassen voll Milchkaffee aus dem Restaurant auf die große Terrasse und setzten sich zu uns. Wobei man Jonas´ Bewegung vielleicht eher mit einem Sich-auf-den-Stuhl-fallenlassen beschreiben sollte als mit hinsetzen. Sofie immerhin zeigte ein halbwegs präsentes Lächeln, tätschelte sowohl Steffen als auch mir kurz die Schulter und setzte sich zu ihrem Freund.

„Zu wenig Schlaf bekommen?", fragte Steffen scheinheilig.

Statt einer Antwort tauschten wir alle vier verschwörerische Blicke aus.

Es dauerte ungefähr einen halben Kaffee lang, bis die beiden unser kleines Mitbringsel bemerkten. Jonas griff nach den Kunststoffstreifen neben seinem Teller und schaute sie verwundert an.

„Was ist das?", fragte er erstaunt.

„Kabelbinder", entgegnete Steffen.

Es entstand ein Augenblick der Stille, bevor Sofie sagte: „Auf solche Spielchen stehen wir eigentlich nicht."

„Wir auch nicht", erwiderte ich lachend. „Aber ich finde deine Reaktion schön. Ich habe die Wette gewonnen."

„Was für eine Wette?", fragte Sofie nun noch erstaunter.

„Kirsten war sich sicher, dass ihr etwas härtere Sexspiele assoziieren würdet, wenn wir euch die Kabelbinder wortlos an den Platz legen. Ich hatte unterstellt, dass ihr den tieferen Sinn gleich versteht", entgegnete mein Liebster.

„Ähhh", fragte nun Jonas und zog das Wort sehr in die Länge. „Und was ist der tiefere Sinn?"

„Die Kabelbinder sind für euer Bett", erklärte Steffen nun ganz sachlich. „Damit kann man verhindern, dass es noch einmal zu einem solch unsanften Coitus interruptus kommt, wie Sofie und ich ihn vergangene Nacht erlebt haben."

Mit der Erklärung zauberte mein Liebster den beiden ein freudiges Aha-Lächeln ins Gesicht.

In diesem Moment wurden allerdings wieder einmal zwei Menschen am Nachbartisch hellhörig. Offenbar hatten sie das Reizwort Coitus interruptus aus unserem Gespräch aufgeschnappt und waren nun neugierig geworden – was wir allerdings alle bemerkten und umgehend unsere Lautstärke reduzierten.

„Ich glaube, wir haben schon wieder Aufmerksamkeit erregt", sagte Steffen nun deutlich leiser.

„Ich würde nicht ausschließen, dass wir das vergangene Nacht schon haben", entgegnete ich und schaute auf ein Fragezeichen im Gesicht meines Liebsten.

„Das sind die beiden Männer, die in der Nacht an unserer offenen Terrassentür vorbeigegangen sind, als wir es grad im Stehen gemacht haben. Ich würde nicht ausschließen, dass die beiden doch etwas mitbekommen haben."

„Ihr habt es in der Nacht in der offenen Terrassentür getrieben?", fragte Jonas nach.

„Nicht direkt in der Tür. Wir standen ein bisschen weiter in der dunklen Wohnung. Aber ich könnte mir vorstellen, dass die beiden uns trotzdem gesehen haben", erzählte ich.

„Also wir waren ganz brav im Bett, als wir noch mal zusammen geschlafen haben", sagte Sofie mit einem Lächeln, das eher an den unschuldigen Blick einer Konfirmandin vor dem ersten Abendmahl erinnerte als an die sinnlichen Augen einer Frau mit reichlich Gruppensex-Erfahrung.

Aha, dachte ich. Auch unsere neuen Freunde waren nach dem Vierer mit uns noch nicht ganz satt gewesen. Aber das konnte ich gut verstehen. Nach einem heißen Swinger-Erlebnis hatte auch ich meist das große Bedürfnis, noch einmal ganz allein mit meinem Liebsten zu schlafen. Glücklicherweise ging es Steffen ebenso – und unsere Freunde hier tickten offensichtlich nicht anders. Wir hatten das auch von anderen Paaren schon gehört. Swingen war eben auch förderlich für den Sex zu zweit.

„Ihr hättet die beiden Männer ja einladen können mitzumachen", meinte Jonas nun mit einem süffisanten Grinsen.

„Ich weiß nicht so recht, ob die zwei daran interessiert gewesen wären", entgegnete ich.

„Na klar wären sie das", widersprach Jonas. „Beim Blick auf deinen geilen Body – welcher Mann wäre da nicht interessiert gewesen?"

„Danke für das Kompliment", erwiderte ich. „Aber das müsstest du dann wohl eher Steffen machen."

„Hä?", fragte nun mein sichtlich verwirrter Liebster.

„Na die beiden da drüben sind doch schwul", erklärte ich.

„Bist du sicher?", fragte Steffen.

„Na klar sind die schwul", bestätigte Sofie. „Das sieht doch jeder."

„Naja, fast jeder", widersprach ich und grinste Steffen an.

„Was ihr immer alles seht", sagte Jonas und schüttelte den Kopf.

„Glaubt uns", warf nun Sofie ein und blickte sowohl ihren als auch meinen Liebsten an. „Die beiden sind schwul. Und ich finde, dass das eine ganz schöne Verschwendung ist. Jedenfalls aus weiblicher Sicht."

„Das sehen die zwei vermutlich anders", entgegnete Steffen.

„Mit Sicherheit sehen die das anders", bestätigte ich.

Als die beiden Männer vom Nebentisch ihr Frühstück beendet hatten und gingen, schauten sie kurz zu uns herüber und ich lächelte einem der beiden zu. Er erwiderte mein Lächeln und nickte kurz, bevor er seinem Partner folgte. Sofie hatte schon recht: Das waren beides ziemlich leckere Typen. Für eine Sekunde blitzte in meinem Kopf die Fantasie auf, die beiden tatsächlich mitspielen zu lassen und aus unserem nächsten Vierer einen Sechser zu machen. Zwei Frauen und vier Männer – eine ausgesprochen verlockende Konstellation, wie ich fand. Aber natürlich wusste ich, dass das vollkommen ausgeschlossen war. Abgesehen davon, dass ich natürlich keine Ahnung hatte, ob die beiden Schwulen überhaupt Interesse an Gruppensex haben mochten, wäre eine solche Nummer auch aus einem ganz anderen Grund kaum möglich gewesen: Steffen war ebenso stockhetero wie Sofie und Jonas. Mein Liebster hatte zwar keine Berührungsängste anderen Männern gegenüber, aber mit homoerotischen Einlagen hätte man ihn dennoch verschrecken können. Das war für ihn eine rote Linie. Jedenfalls wenn es sich um ernsthaften Sex und nicht nur um sanfte Berührungen handelte.

Schade, dass das auch bei Sofie der Fall war. Diese schöne Frau mit ihrer wundervollen Figur und dem hübschen Gesicht wäre auch für mich eine Versuchung gewesen, stellte ich wieder einmal fest. Doch ich war nun einmal der einzige Mensch an diesem Tisch, der Bi-Neigungen hatte. Nun ja, es gab Schlimmeres. Zumal meine Neigung zum eigenen Geschlecht eher begrenzt war. Normalerweise stand ich schon sehr auf Männer – vor allem auf charmante und gut gebaute.

Vierer mit Nebenwirkungen: Eine spontane Aktion und ihre Folgen

Erfreulicherweise fragten Sofie und Jonas während des Frühstücks nach unseren Plänen für diesen Tag. Als wir ihnen erzählten, dass wir eine Wanderung entlang der Küste machen wollten, bekundeten sie Interesse, sich anzuschließen. Genau das hatten auch wir schon überlegt.

So brachen wir eine Stunde später zu viert auf. Das Wetter war sonnig, es war angenehm warm, aber nicht zu heiß – genau der richtige Tag zum Wandern.

Wir querten den Strand der Feriensiedlung, wo einige versprengte Urlauber auf ihren Handtüchern lagen und sich sonnten. Ganz am Ende der Bucht lagen zwei Nackte. Der Mann allerdings hatte ein ziemlich rotes Hinterteil. Offensichtlich hatte er mit zu wenig Sonnencreme zu viel Zeit in der Sonne verbracht.

„Der Hintern sieht so ähnlich aus wie dein Rücken", sagte Sofie zu ihrem Freund.

Jonas zuckte mit dem Schultern und sah ein wenig unglücklich aus.

Als wir die Bucht hinter uns gelassen hatten, wurde es einsam. Zunächst trafen wir auf dem schmalen Pfad noch ein paar andere Wanderer, aber je weiter wir uns von der nächsten Straße entfernten, umso weniger Menschen begegneten uns. Wir waren wohl ungefähr zwei Stunden unterwegs, als wir zu einer kleinen, wunderschönen Bucht kamen. Der feine Sand und das klare Wasser wären ein perfektes Motiv für jeden Reiseführer gewesen. Und doch war diese Bucht vollkommen menschenleer.

Steffen und ich waren schon mehrfach auf der Nachbarinsel Mallorca gewesen. Auch dort gab es solch schöne Buchten. Aber wir hatten selbst in der Nebensaison dort nie derart einsame Strände gesehen. Hier auf der kleineren Insel waren wir bei unseren Wanderungen nun schon mehrfach auf solche Plätze gestoßen. Natürlich gab es auch auf Menorca viele Touristen, aber bei Weitem nicht so viele wie auf Mallorca. Ich war immer wieder fasziniert, wie viele schöne und zugleich einsame Ecken diese Insel zu bieten hatte.

Im Grunde brauchte es niemand auszusprechen, dass wir hier eine Pause einlegen wollten. Wir gingen bis ans Ende der Bucht, wo von der darüberliegenden Steilküste einige Felsen abgebrochen waren und gewissermaßen ein kleines Separee gebildet hatten. Steffen zog unser großes Badehandtuch aus dem Rucksack und breitete es aus.

„Ach deshalb hast du so einen großen Rucksack mitgenommen", sagte Sofie, als sie auf das dunkelrote Handtuch blickte, das nicht kleiner war als unser Doppelbett.

„Wo bekommt man denn so ein riesiges Ding?", fragte Jonas.

„Na wo schon: im Internet", entgegnete Steffen und machte eine einladende Handbewegung. Das Handtuch war groß genug für uns alle vier – was alle vier in diesem Augenblick wohl auch realisierten. Wir sahen uns an, und vermutlich ahnte jeder, dass dieses Handtuch durchaus zu einer Spielwiese werden konnte. Ich war gespannt, wie sich unsere Wanderpause entwickeln würde.

Natürlich war es keine Frage, dass wir alle nackt baden wollten. Sofie hatte zwar ihren schönen schwarzen Bikini druntergezogen, aber der landete ebenso selbstverständlich am Rand des Handtuchs wie alle Sachen, die wir auszogen. Gemeinsam liefen wir ins Wasser, das nur allmählich etwas tiefer wurde. Das Mittelmeer war auch jetzt im Oktober noch immer erfreulich warm, und es war wundervoll, sich nach der weitgehend schattenlosen Wanderung im Wasser treiben zu lassen.

Als wir wieder am Strand waren, genoss ich die leichte Brise, die meine nasse Haut streichelte. Wie ein Kormoran breitete ich die Arme aus, um mich in der warmen Luft trocknen zu lassen – womit ich den anderen zugleich meine Nacktheit präsentierte. Ob ich damit wohl ein Spiel zu viert auslösen konnte? Immerhin hefteten sich nun drei Augenpaare an meinen Körper – auch das von Sofie.

Oh ja, damit konnte ich etwas auslösen, wie ich im nächsten Augenblick feststellte. Steffen nahm mich in den Arm und küsste mich. Ich musste mir eingestehen, dass ich genau das hatte provozieren wollen. Ich war lediglich gespannt gewesen, welcher der beiden Männer darauf als erster ansprang.

Unser Kuss dauerte eine ganze Weile, mein Liebster massierte mir dabei die Pobacken und ich bemerkte, dass sich zwischen seinen Beinen etwas regte. Nicht viel, aber immerhin. Steffens Hände auf meinem Hinterteil fühlten sich wundervoll an – vor allem in jenem Moment, in dem sich eine dritte Hand dazugesellte. Jonas tätschelte meinen Po und ließ seine Hand auch zwischen meine Beine gleiten, die ich gern für ihn öffnete.

Ich streckte meine Hände nach den beiden aus, Steffens Männlichkeit war jetzt halb aufgerichtet, die von Jonas bereits ganz. Als sich eine zweite weibliche Hand zum Schwanz meines Mannes tastete, zog Steffen mit Jonas sehr schnell gleich. Die Finger einer fremden Frau waren für einen Mann doch stets erregender als die Liebkosungen der eigenen Frau, schoss es mir durch den Kopf. Für eine Sekunde fragte ich mich, ob mich das nicht vielleicht empören müsste. Aber meine Erotikfee verscheuchte den schrägen Gedanken mit einer ganz simplen Frage sofort wieder: Geht es dir mit fremden Männern denn anders, raunte sie mir zu. Natürlich hatte sich recht. Die Finger eines anderen Mannes zwischen meinen Beinen lösten auch bei mir stets eine ganz besondere Erregung aus – eine Erregung, die anders war als jene, die ich bei Steffens Berührungen spürte. Fremde Haut war immer wieder aufregend.

Ich neigte meinen Kopf zur Seite, um auch die fremden Lippen zu schmecken. Jonas küsste zwar nicht so weich und gefühlvoll wie Steffen, aber sein Kuss erregte mich. Ich war mir sicher, dass es Steffen mit der anderen Frau ebenso ging.

Schließlich ließ Sofie sich auf die Knie nieder, griff zu meiner Überraschung aber nicht zu Steffen, sondern zum Schwanz ihres eigenen Freundes, den sie genüsslich zu blasen begann. Ich kniete mich neben sie, legte eine Hand an Jonas´ Schwanz und lächelte Sofie von der Seite an.

„Darf ich mal?", fragte ich ganz unschuldig.

Sie erwiderte mein Lächeln und überließ mir ihren Liebsten – um im nächsten Augenblick bei Steffen weiterzublasen. Ich nahm den fremden Schwanz tief in den Mund und löste damit ein freudig-erregtes „Jaaaaaahhhhh" aus. Augenscheinlich gefiel Jonas, was ich mit ihm tat – und offenbar erregten auch ihn fremde Lippen an seinem Schwanz anders als die Liebkosungen seiner eigenen Freundin. So etwas gefällt Männern doch immer, grinste meine Erotikfee. Ich schielte nach oben, sah in zwei verklärt aussehende männliche Gesichter und wusste, dass sie recht hatte.

Steffen ließ sich als erster auf der Decke nieder. Er drückte Sofie auf den Rücken und vergrub seinen Kopf zwischen ihren Oberschenkeln. Während er sich mit Zunge und Fingern für ihre Liebkosungen revanchierte, griff ich nach seinem Schwanz und rieb daran. Mein Liebster beachtete meine Zärtlichkeit für ihn jedoch nicht weiter, sondern widmete sich ganz Sofies Muschi. Aber das war natürlich auch in Ordnung. Sie begann zu stöhnen, offensichtlich machte Steffen seine Sache gut. Aber ich wusste ja, wie gefühlvoll er eine Frau verwöhnen konnte.

Auch ich bekam Lust auf eine männliche Zunge. Ich legte mich neben Sofie und öffnete meine Beine, sodass Jonas einen guten Einblick in meinen Schoß bekam. Er verstand und im nächsten Augenblick war er mit dem Kopf zwischen meinen Oberschenkeln.

Allerdings leckte er mich nicht allzu lange. Bald tauchte er wieder auf, griff in unseren Wäschehaufen und zog ein Kondom aus seiner Hosentasche. Ich sah zu, wie er es über den Schwanz rollte. Bevor er sich jedoch abermals zwischen meine Beine legen konnte, ging ich auf die Knie und streckte ihm meinen Po entgegen. Ich wollte ihn gern in mir spüren, aber ich wollte auch sehen, was Steffen mit Sofie tat.

Während Jonas mich von hinten nahm, konnte ich erkennen, dass mein Mann seine Freundin einem Höhepunkt entgegenleckte. Ihr verklärter Gesichtsausdruck, ihre sich ins Handtuch krallenden Hände, die ganze Anspannung ihres Körpers waren eindeutig. Doch als ich glaubte, dass sie fast so weit war, nahm sie seinen Kopf in beide Hände, zog ihn aus ihrem Schoß, sah ihn unglücklich an und schüttelte bedauernd den Kopf. Offensichtlich hatte sie schon wieder ihren Höhepunkt verpasst.

Steffen ließ sich davon nicht beirren, griff zu seiner Hose und zauberte ebenfalls ein Kondom hervor. Kurz darauf lag er wieder zwischen Sofies Beinen, die sie weit öffnete. Während ich Jonas´ Stöße in mir und den festen Griff seiner Hände an meinen Pobacken spürte, sah ich zu, wie Steffen die andere Frau nahm. Erneut verklärte sich Sofies Gesicht, dieses Mal sogar ziemlich schnell. Und erneut schüttelte sie bald darauf den Kopf. Unter der Dusche hatte sie mir in der Nacht zuvor gesagt, dass sie diese Fast-Orgasmen wahnsinnig machten. Ich konnte das gut verstehen. Nur zu gern hätte ich ihr geholfen, aber das verbot sich ja leider.

Warum half sie sich eigentlich nicht selbst? Damit hatte ich auch in Gruppensex-Situationen mittlerweile kein Problem mehr, wenn es nicht anders ging. Im Gegenteil: Ich wusste, dass man damit Männer noch zusätzlich anheizen konnte. Aber vielleicht war das einfach nicht ihr Ding. Und vielleicht nutzte selbst das nichts, schoss es mir durch den Kopf. Letzteres konnte ich mir allerdings schwerlich vorstellen. Doch wer wusste das schon.

Als Steffen erkannte, dass er ihr wohl keinen Höhepunkt bescheren würde, zog er sich aus ihr zurück, befreite seinen Schwanz vom Gummi und hockte sich wie in der Nacht zuvor über ihren Oberkörper. Und wie im Schlafzimmer der beiden fickte er sie nun zwischen die Brüste.

Ich hatte dabei noch immer einen guten Blick auf Sofies glatte, feucht-glänzende Muschi, die nicht weit von mir entfernt war. Ich hatte beinahe den Eindruck, dass Jonas´ Stöße mich allmählich immer weiter in Richtung dieses weiblichen Schoßes schoben. Vielleicht war das auch nur Einbildung, vielleicht bewegte ich mich ganz von selbst in diese Richtung, vielleicht zog mich diese Frau auch ganz einfach an.

Jedenfalls wirkte Sofies blanke Muschi auf mich wie eine Einladung. Eine Einladung, der ich irgendwann nicht mehr widerstehen konnte. Allein der Duft, den ich wahrnahm, als ich mich zu ihr beugte, war atemberaubend. Wann hatte ich eigentlich das letzte Mal die Erregung einer anderen Frau eingeatmet, ihre Feuchtigkeit geschmeckt, sie mit meiner Zunge verwöhnt? Ich wusste es in diesem Moment nicht, aber es war auch gleichgültig. Was jetzt zählte, war allein der Schoß dieser aufregenden Frau, diese Muschi, in der soeben noch der Schwanz meines Liebsten gesteckt hatte. Ich konnte einfach nicht anders, als meine Lippen auf diese Schamlippen zu legen, ganz vorsichtig natürlich, ganz sanft, beinahe meditativ. Doch wie in Trance schob sich meine Zunge ganz von selbst zwischen meinen Lippen hindurch, um Sofies Feuchtigkeit zu schmecken.

Ich drang etwas tiefer zwischen ihre Schamlippen ein, leckte dazwischen, fand auch den Kitzler und verwöhnte diesen vorsichtig und sanft mit der Zunge, während sich mein Mittelfinger den Weg in Sofies Allerheiligstes bahnte, ganz mühelos und tief hinein auf der feuchten Rutschbahn ihrer Erregung.

Mein Lecken wurde intensiver. Nach einer Weile begann Sofie, ihr Becken immer mehr zu bewegen. Unsere Bewegungen stimmten sich aufeinander ein, ich schmeckte ihre Feuchtigkeit, bemerkte das Zittern ihres Körpers, ihre Hände in meinem Haar, die meinen Kopf festhielten und eher noch stärker in ihren Schoß drückten. Aus ihrem Zittern wurde ein Schütteln, aus dem Schütteln eine Verkrampfung, ihre Hände griffen ebenso fest zu wie ihre Oberschenkel meinen Kopf umklammerten. Als es ihr schließlich kam, schrie sie ihren Orgasmus laut hinaus. Sehr laut sogar.

Na also, lächelte meine Erotikfee.

Na also?

Plötzlich kam ich wieder zu mir. Was um alles in der Welt tat ich denn da? Hatte mir Sofie nicht am Tag zuvor gesagt, dass sie hetero sei? Stockhetero sogar? In diesem Augenblick hatte ich daran nicht mehr gedacht, sondern mich einfach nur gehen lassen – und damit eine Grenze überschritten, die Sofie eigentlich ganz deutlich gezogen hatte.

Mit einem Anflug von Schuldbewusstsein hob ich meinen Kopf aus ihrem Schoß und sah sie an. Erst jetzt fiel mir auf, dass Steffen nicht mehr über Sofies Oberkörper hockte. Er saß neben ihr auf der Decke und hatte nur noch zugesehen – ebenso wie Jonas, dessen Blick mit großen Augen gebannt und ungläubig an mir und seiner Freundin klebte.

Wann hatte der sich denn aus mir verabschiedet? Ich hatte keine Ahnung. Ich hatte es allen Ernstes nicht mitbekommen, dass dieser Mann aufgehört hatte, mich zu ficken. Ich war ganz und gar bei Sofie gewesen. Ich hatte auch keine Ahnung, wie lange ich sie wohl geleckt haben mochte. Auf jeden Fall war es lange genug gewesen, dass beide Männer irgendwann beschlossen hatten, sich zurückzuziehen. Und es war lange (und gefühlvoll) genug gewesen, dass ich sie damit zum Höhepunkt gebracht hatte.

Sofie hatte offenbar nicht die Absicht, meinen Kopf jemals wieder loszulassen und starrte mich an – mit großen Augen und offenem Mund. Ihr Blick war jedoch keineswegs vorwurfsvoll, wie ich befürchtet hatte. Warum denn auch vorwurfsvoll? Du hast doch gerade etwas Wundervolles für sie getan, hauchte meine Erotikfee. Sofie sah das vermutlich ebenso, wie mir ihr Blick verriet. Ich war wohl doch nicht zu weit gegangen.

„Frauen lecken anders", hörte ich mich sagen – teils als Entschuldigung, weil ich ihre Grenze überschritten hatte, teils als Erklärung für ihren Orgasmus.

„Jaaaaahhhhh ….", bestätigte sie mit strahlenden Augen, aus denen noch immer fasziniertes Erstaunen sprach. Sie sah aus, als hätte sie soeben eine Offenbarung erlebt. Vielleicht hatte sie das ja auch.

Noch immer sahen wir uns an. Noch immer verharrte ich zwischen ihren Beinen, noch immer saßen die Männer wortlos neben uns – offenbar neugierig auf das, was nun folgen mochte. Und noch immer hielt Sofie meinen Kopf fest.

„Kannst du das noch einmal machen?", fragte sie mich schließlich in einem beinahe flehentlichen Ton und drückte meinen Kopf erneut in ihren Schoß.

Ich konnte.

Steffen erzählte mir später, dass Sofie ihren zweiten Höhepunkt noch lauter hinausgeschrien hatte als den ersten. So laut, dass an der Felsenküste über uns zahlreiche Vögel aufgescheucht worden seien. Davon allerdings hatte ich nichts bemerkt in jenem Augenblick. Für mich war es einfach nur faszinierend, dass Sofie sich fallenlassen und meine Liebkosungen genießen konnte. Von wegen Orgasmusprobleme!

Als sie nach ihrem zweiten Höhepunkt schließlich wieder zur Ruhe gekommen war, zog sie mich zu sich. Kein Zweifel, sie wollte, dass ich mich auf sie legen sollte – was ich nur allzu gern tat. Wir sahen uns in die Augen, nun ganz aus der Nähe, und schließlich küssten wir uns. Ich will nicht abstreiten, dass ich das unglaublich gern tat. Aber ausgegangen war es von Sofie – der Frau, die doch eigentlich so rein gar keine Bi-Neigung hatte. Von wegen stockhetero!

Unser Kuss war sehr zärtlich, aber eher kurz. Allerdings sah Sofie mich anschließend durchdringend an und küsste mich erneut – dieses Mal weit ausgiebiger. Irgendwann spürte ich dabei eine Hand, die sich zwischen meine Beine tastete. Sofie drückte mich auf den Rücken und wanderte mit ihren Lippen über meine Brüste und den Bauchnabel hinweg in meinen Schoß. Dort angekommen verharrte sie eine Weile. Sie spielte mit ihren Fingern an meiner Weiblichkeit, war auch mit ihrem Kopf nah an meiner Muschi, sicherlich nah genug, dass sie meine Erregung einatmen konnte, aber sie beließ es bei Liebkosungen mit ihren Fingern. Zunächst jedenfalls.

Irgendwann aber gab sie mir einen flüchtigen Kuss auf die Schamlippen, dann noch einen und noch einen. Und schließlich lösten sich ihre Lippen nicht mehr von meiner Muschi. Als sie mich zu lecken begann, spürte ich mein Herz klopfen – und war mir fast sicher, dass das bei Sofie nicht anders sein konnte. Ich wusste, dass die Frau zwischen meinen Beinen soeben Neuland betrat. Allein dieser Gedanke war überwältigend und erregend.

Sofies Zärtlichkeit tat ein Übriges. Es war kaum zu glauben, dass sie so etwas gerade zum ersten Mal tat. Sie leckte mich mit viel Gefühl, und es dauerte nicht lange, bis sich ein Höhepunkt anbahnte. Ich war bei Weitem nicht so laut wie Sofie, aber ganz leise war ich wohl auch nicht, als es mir schließlich kam.

Sie hatte offenbar das Bestreben, mit mir gleichzuziehen. Jedenfalls verharrte sie in meinem Schoß, wartete nur, bis mein Orgasmus abgeklungen war und leckte mich anschließend erneut bis zum Ende. Schließlich legte sie sich auf mich und unsere Lippen fanden sich abermals zu einem zärtlichen Spiel. Ich schmeckte meine Feuchtigkeit in ihrem Kuss.

„Ob die beiden uns wohl noch mal mitspielen lassen?", hörte ich irgendwann Steffens Stimme neben mir.

Ich schaute beinahe irritiert zur Seite. Ach ja, da waren ja auch noch unsere Männer. Die hatte ich für eine ganze Weile tatsächlich ausgeblendet. Jonas zuckte auf Steffens Frage hin nur mit den Schultern. Aber ich sah beiden an, wie heiß sie darauf waren, wieder mitzumischen. Ihre Schwänze waren keineswegs eingefallen. Oder vielleicht hatten sie sich auch mittlerweile erneut aufgerichtet. Ich hatte ja schon von mehr als nur einem Mann (auch von Steffen) gehört, wie aufregend der Anblick von zwei Frauen beim Liebesspiel für männliche Augen sei. Was die beiden zwischen ihren Beinen zu bieten hatten, bestätigte das eindrucksvoll.

„Was meinst du Sofie?", fragte ich mit unschuldigem Unterton. „Lassen wir sie mitspielen?"

Statt mir eine Antwort zu geben, streckte meine Freundin eine Hand aus und bekam Jonas' Schwanz zu fassen. Daraufhin griff ich nach Steffens bestem Stück. Wir streichelten sie einen Augenblick, dann krabbelte Sofie von mir herunter und machte sich über Steffen her, während ich ihren Liebsten mit dem Mund verwöhnte.

„Das ist toll", hörte ich Steffens Stimme. „Aber ich möchte dich jetzt ficken!"

Sofie legte sich auf den Rücken, während Steffen nach einem neuen Kondom griff und auch Jonas eines reichte. Ich legte mich neben Sofie, und während ihr Freund in mich eindrang, griff ich nach ihrer Hand. Als Steffen sein Tempo in Sofie immer mehr steigerte, spürte ich den kräftiger werdenden Druck ihrer Finger. Ich drehte den Kopf zu ihr und küsste sie. Unser Zungenspiel wurde allerdings etwas unharmonisch. Die Stöße der beiden Männer waren kräftig, aber nicht im selben Rhythmus.

Jonas kam als erster von den beiden. Ich spürte, wie er sich verkrampfte und plötzlich innehielt. Ich wusste, dass er in mir gekommen war. Bevor sein Schwanz zu schrumpfen begann, zog er sich aus mir zurück. Das prall mit Sperma gefüllte Gummi ließ er jedoch wo es war.

Ich ahnte, dass auch Steffen bald so weit sein würde. Ich drehte mich ihm und Sofie zu, streichelte ihre schönen Brüste und drückte Steffen einen zärtlichen Kuss auf den Oberarm.

„Auf den Busen", hörte ich sie plötzlich sagen. „Spritz es mir noch einmal auf den Busen."

Steffen ließ sich nicht lange bitten. Kurz bevor es ihm kam, zog er sich aus ihr zurück und kniete sich abermals über ihren Oberkörper. Bevor er sich das Kondom abziehen konnte, hatte ich das bereits für ihn getan. Zudem griff ich auch nach seinem Schwanz und brachte ihn mit der Hand zum Orgasmus. Sein

Sperma sprudelte heraus, das meiste verschmierte wie von Sofie gewünscht ihre vollen Brüste. Der erste Spritzer war allerdings mit ziemlichem Druck herausgeschossen und in ihrem Gesicht gelandet. Sie hatte es entgegengenommen, ohne mit der Wimper zu zucken. Nicht jede Frau mochte das, wie ich wusste. Aber da Sofie Sperma auf ihrem Busen liebte, wunderte es mich keineswegs, dass sie es auch in ihrem Gesicht hinnahm oder vielleicht sogar geil fand.

Ich beugte mich zu ihren Brüsten und tat, was mich bereits in der Nacht zuvor gereizt hätte: Ich leckte ihr Steffens Sperma von der Haut. Nun durfte ich das wohl. Zu meiner Überraschung aber nicht nur das. Sofie zog im nächsten Moment meinen Kopf zu sich und küsste mich erneut – womit ich ihr unweigerlich etwas von Steffens Sperma abgab. Auch damit hatte sie offensichtlich keine Probleme. Im Gegenteil: Ich hatten den Eindruck, dass sie das erregte. Auch Jonas betrachtete mit riesigen Augen und halb geöffnetem Mund, was er wir taten.

Schließlich kamen wir alle wieder zur Ruhe. Ich kuschelte mich an Steffen und Sofie an ihren Freund.

„Stockhetero?", fragte Jonas und grinste Sofie süffisant an.

„Na gut", entgegnete sie. „Das Stock streichen wir ab heute."

Wir blieben noch eine Weile am Strand und gingen auch noch einmal schwimmen. Erst als ein anderes Paar erschien und sich in der Nähe niederließ, zogen wir uns wieder an und brachen auf. Wir gingen an den beiden Fremden vorüber, nickten ihnen freundlich zu und setzten unseren Weg fort.

Nach ein paar Metern drehte ich mich allerdings noch einmal nach dem Paar um, das sich an den Strand gelegt hatte. Irgendwie kamen mir die zwei bekannt vor. Auch den giftgrünen Rucksack der Frau hatte ich schon einmal gesehen. Waren das die beiden, die wir ein paar Tage zuvor beim Sex beobachtet hatten? Hatten die zwei nun vielleicht uns heimlich zugesehen? Auszuschließen war das nicht.

Der Pfad ging leicht bergauf, Sofie und ich gingen nebeneinander, die Männer dicht hinter uns. Ich genoss das Gefühl, dass beide uns nun vermutlich auf den Po schauten und war ganz zufrieden mit mir, weil meine kurze Wanderhose recht eng anlag. Dabei konnte ich auch einige Fetzen aus ihrem Gespräch aufschnappen, das sich um das für uns alle überraschende Erlebnis am Strand drehte.

„Da haben sich ja zwei gefunden", hörte ich Steffen Stimme.

Der Satz kam mir bekannt vor.

Wir hatten im Wanderführer den Hinweis auf einen alten Wehrturm entdeckt. Ich hatte schon immer eine Vorliebe für solche Gemäuer und wollte den Turm gern besuchen. Steffen war zwar nicht immer ganz begeistert von meinen Erkundungstouren in die Vergangenheit, aber er akzeptierte sie. Was blieb ihm auch übrig? Schließlich wusste er, dass er eine Historikerin geheiratet hatte. Und ich hatte nun einmal ein Faible für alles, was älter war als ein Menschenleben.

Wir entdeckten das Bauwerk aus der Ferne und stellten fest, dass es auf einer kleinen Landzunge lag. Um dorthin zu kommen mussten wir die nächste Bucht umwandern. Aber als wir die hinter uns gelassen hatten, sahen wir den Turm an einer ganz anderen Stelle, als wir erwartet hatten. Wir stiegen auf einen Hügel, hinter dem wir das Gemäuer nun vermuteten. Doch als wir oben angelangt waren, sahen wir den Turm erneut an einer unerwarteten Stelle. Sich in der hügeligen Landschaft zu orientieren, fiel nicht ganz leicht.

„Ich glaube, er weicht vor uns zurück", sagte Steffen missmutig.

„Vielleicht ist es ja ein Phantom-Turm", mutmaßte Sofie.

„Also ein Phanturm", stellte Steffen fest.

An dieser albernen Diskussion wollte ich mich lieber nicht beteiligen und schlug vor, den Turm Turm sein zu lassen – womit ich bei meinen Mitwanderern eine gewisse Erleichterung auslöste. Wir hatten das alte Gemäuer nun zwar aus unterschiedlichen Perspektiven gesehen, waren ihm aber nicht wesentlich nähergekommen. Zuletzt, so mein Eindruck, hatten wir uns sogar wieder von ihm entfernt.

Unsere nächste Pause machten wir vor einer kleinen Bar, wo es Cola und Tapas gab – auch wenn das, was der Kellner uns servierte, nicht ganz dem entsprach, was wir erwartet hatten. Ich hatte mir ein paar Bröckchen Spanisch angeeignet, auch wenn ich weit davon entfernt war, die Sprache wirklich zu sprechen. Essen bestellen im Restaurant ging immerhin so halbwegs – auch wenn es manchmal überraschend war, was dann schließlich auf dem Tisch stand.

„Manchmal bin ich froh, wenn wenigstens der Milchkaffee kommt, den ich bestellt habe", sagte ich entschuldigend. „Französisch kann ich besser als Spanisch."

„Stimmt, überhaupt kein Vergleich", bestätigte Steffen, sah mir in die Augen und grinste anzüglich.

Dass mein Liebster solche Scherze liebte, wusste ich ja. Dass aber auch Sofie und Jonas in dieses Grinsen einstimmten, irritierte mich im ersten Moment. Steffen sagte mir später, ich sei sogar ein bisschen rot geworden. Nun ja, dachte ich. Immerhin konnten inzwischen alle drei Menschen, mit denen ich hier am Tisch saß, Steffens Bemerkung aus eigener Erfahrung beurteilen. Bei dem Gedanken huschte mir dann doch wieder ein zufriedenes Lächeln über das Gesicht.

Sand am Po und Flecken im Kleid: Der unbefriedigte Mann

Am späten Nachmittag waren wir zurück im Hotel. Wir gingen duschen und trafen uns anschließend am Pool wieder. Ich freute mich darauf, mich nach der langen Wanderung einfach nur auf einer Liege ausruhen zu können und die Zeit bis zum Abendessen zu verdösen. Zu meiner Überraschung waren Sofie und Jonas aber bereits wieder am Billardtisch, als wir am Pool erschienen. Woher nahmen die beiden nur diese Energie?

Steffen und ich legten uns auf die Liegen und sahen ihnen zu. Wie schon in den Tagen zuvor turtelten sie während des Spiels; vor allem Jonas nutzte wieder jede Gelegenheit, seine Freundin anzufassen. Irgendwann folgten wir dann doch ihrer Einladung und spielten eine Partie mit. Auch Steffen und ich hatten dabei immer wieder Körperkontakt. Er fasste mir an den Po, ich gab ihm ein Küsschen, wir wirkten vermutlich ebenso verliebt wie die anderen beiden. Schließlich aber vermischte sich unser Flirten und Turteln. Ich glaube, es war Sofie, die irgendwann auch mir einen Kuss auf die Wange drückte. Steffen tätschelte während unseres Spiels nicht nur meinen Po, sondern auch den von Sofie. Dass Jonas mit mir das Gleiche tat, ergab sich ganz von selbst. Wir befummelten uns zwar nicht ernsthaft, aber es war doch mehr als nur ein Flirt zu viert – ungeachtet der Tatsache, dass wir hier am Pool keineswegs allein waren. Die Blicke der anderen Urlauber ignorierten wir großzügig.

Als Jonas irgendwann zur Bar ging, um Cocktails zu holen, ging ich mit ihm – und kehrte mit einem großen Erdbeereis zurück. Als ich es zu essen begann, gesellte sich Sofie zu mir. Ohne um Erlaubnis zu bitten, schleckte sie gemeinsam mit mir daran. Dass sich unsere Zungen dabei berührten, war vermutlich kein Zufall. In meinem Kopfkino blitzte der Gedanke auf, dass wir nicht gemeinsam an einem Eis schleckten, sondern an etwas ganz anderem. Vermutlich hatte Sofie das gleiche Blitzlicht. Jedenfalls legte sie viel Gefühl in ihr Schlecken an meinem Eis und sah mir dabei tief in die Augen. Was mochten unbeteiligte Zuschauer davon halten, fragte ich mich und grinste in mich hinein.

Und Zuschauer hatten wir. Vermutlich nicht nur einen, aber einer fiel mir während unseres eisigen Zungenspiels auf. Er lag auf einer Liege in der Nähe und starrte über den Rand seiner Zeitung immer offener zu uns herüber. Erst als Sofie und ich gemeinsam zurückstarrten, fühlte er sich wohl ertappt und verbarg sein Gesicht wieder hinter seiner Lektüre – auch wenn ich den Eindruck hatte, dass seine Zeitung nur sehr zögerlich und ganz langsam höher rutschte. Sofie und ich tauschten ein verschwörerisches Schmunzeln.

Dennoch beherrschten wir uns nun. Allzu viel Aufmerksamkeit sollten unser Billardspiel und alles was wir sonst noch so trieben, ja nun auch wieder nicht erregen. Vielleicht könntet ihr dem Manager des Hotels ein Angebot machen, kicherte die Teufelin in mir. Er würde euch bestimmt gern in sein Animationsangebot aufnehmen. Bei dem Gedanken musste ich grinsen.

Eigentlich waren wir alle vier ziemlich platt nach dem Wandertag – vor allem, als wir etwas später das Abendessen mit reichlich Rotwein begossen hatten. Dennoch unternahmen wir nach dem Essen noch einen kleinen Strandspaziergang. Als wir in der nahegelegenen Bucht angekommen waren, zogen wir alle unsere Schuhe aus und liefen barfuß durch den Sand. Es war inzwischen dunkel geworden, der Mond war nur eine schwache Sichel. Es waren kaum andere Geräusche zu hören als das leise Plätschern der Wellen. Genau die richtige Umgebung für einen romantischen Strandspaziergang, dachte ich – auch wenn dieser Spaziergang nicht zu zweit, sondern zu viert stattfand. Aber auch das konnte ja durchaus romantisch sein. Jedenfalls mit der passenden Begleitung. Und die hatten wir ja.

Ich hängte mich bei Jonas ein und Sofie bei Steffen. Als wir am Ende der kleinen, nun menschenleeren Bucht angekommen waren, schauten wir auf die lückenhaften Lichter der Feriensiedlung. Kein Zweifel, die Saison ging zu Ende, die Zahl der Urlauber war sehr überschaubar.

Ich lehnte mich an Jonas und spürte auf der anderen Seite neben mir auch Steffens Nähe, der seinen Arm um Sofie gelegt hatte. Als er sie küsste, fanden sich auch Jonas´ und meine Lippen zu einem ausgedehnten Zungenkuss. Irgendwann schoben sich Jonas´ Hände unter mein kurzes Kleid und streichelten meinen blanken Po. Eine weitere Hand gesellte sich dazu und dann noch eine. Hatten sich die anderen drei auf meinem Hinterteil verabredet?

Unsere Fummelei zu viert dehnte sich aus. Ich hörte das Geräusch eines Reißverschlusses und wusste, dass Sofie Steffens Hose geöffnet hatte. Als ich zu ihr sah, ging sie gerade vor ihm auf die Knie und legte seinen Schwanz frei. Sie begann ihn zu blasen, und ich kniete mich neben sie in den Sand. Gemeinsam leckten wir an dem steifen Teil wie am Nachmittag an dem Erdbeereis.

Ich nahm wahr, wie Jonas sich nun hinter uns kniete – nachdem er sich von seiner Hose befreit hatte. Als Sofies Lecken an Steffens Schwanz etwas ruckhaft wurde, wusste ich, dass Jonas begonnen hatte, sie zu ficken. Er hatte ihr kurzes Strandkleid nach oben geschoben, einen Slip trug sie auch heute Abend ebenso wenig wie ich. Kurz darauf spürte ich Jonas´ Hand an meinem Po und ich öffnete meine Beine. Seine Hand glitt dazwischen und befingerte meine Muschi, während er zugleich seine Freundin nahm.

Allerdings bekam er wohl bald Lust auf einen Wechsel. Ich bemerkte, dass er sich aus Sofie zurückzog und sah mich zu ihm um. Jonas krabbelte in diesem Augenblick hinter meinen Po, schob auch mein Kleid weiter hoch und hatte nach wenigen Sekunden ein Gummi über den steifen Schwanz gerollt. Augenblicklich war er in mir. Dabei ließ er nun wiederum eine Hand zum Po seiner Freundin gleiten und befingerte sie. Ganz offensichtlich gefiel es ihm, die Muschis beider Frauen für sich zu haben – zumindest für den Augenblick. Aber ebenso gefiel es offensichtlich auch meinem Liebsten, dass zwei Frauen gemeinsam seinen Schwanz verwöhnten. Nun ja, welcher Mann mochte so etwas nicht?

Doch auch Steffen bekam wohl Lust auf mehr. Er streifte seine Hose ab, ging zu Jonas, kniete sich neben ihn und war im nächsten Augenblick hinter Sofie. Als er sie zu ficken begann, stöhnte sie leise auf. Ich sah ihr an, wie sehr sie das alles erregte: Sie und ich knieten nebeneinander im Sand, unsere Männer vertauscht hinter uns. Jonas in mir fühlte sich einfach nur geil an. Und ich konnte mir vorstellen, wie Sofie Steffens Schwanz genießen musste. Sie geriet immer mehr in Ekstase, wurde immer lauter dabei. In einer anderen Stellung hätte ich vermutet, dass mein Mann sie bald zum Höhepunkt bringen würde. Aber ich wusste, dass das von hinten wohl kaum passieren konnte. Auch ich kam in dieser Stellung normalerweise nicht allein durch männliche Stöße – selbst wenn die sich noch so geil anfühlten.

Ich betrachtete meine Hand. Sie war voller Sand. Ich wischte sie so gut es ging an meinem Kleid ab, leckte anschließend noch meine Finger sauber und tastete mich schließlich unter Sofies Bauch und in ihren Schoß – was nicht ganz einfach war. Aber ich fand ihren Kitzler. Sie gab einen kurzen, spitzen Lustschrei von sich, als ich sie zu streicheln begann.

„Ja, ja, ja, ja, ja", hörte ich sie wimmern, während ich sie liebkoste und Steffen heftig in sie stieß.

Ihr Atem ging immer schneller, und kurz darauf schrie sie ihren Orgasmus heraus. Beinahe erschrocken von der Heftigkeit (und der Lautstärke) ihres Höhepunktes sah ich in die Dunkelheit. Waren wir wirklich allein in dieser Bucht in der Nähe der Feriensiedlung? Doch ich konnte nirgendwo andere Menschen sehen oder hören.

Sofie wurde nun etwas ruhiger. Sie nahm Steffens Stöße entgegen, strahlte mich beglückt an, drückte mir einen kurzen Kuss auf die Wange und ließ nun ihrerseits eine Hand in meinen Schoß wandern. Offensichtlich wollte sie sich revanchieren für das, was ich gerade für sie getan hatte. Sie streichelte mich, aber ich war noch nicht so weit. Außerdem hatte Sofie auch nicht so ganz den perfekten Punkt gefunden. Ich wusste, dass ich so nicht kommen würde. Und sie ahnte das wohl auch.

Sie ließ sich nach vorn fallen und entzog sich Steffen. Rasch drehte sie sich um und legte sich unter mich. Während Jonas weiter in mich stieß, fand Sofie nun mit der Zunge meinen Kitzler und begann, mich zu lecken. Ja, das war besser – viel besser! Als es mir kurz darauf kam, hielt ich eine Hand vor den Mund und unterdrückte meinen Orgasmusschrei. So ganz konnte ich mich doch nicht von dem Gedanken freimachen, dass es hier noch andere Nachtwanderer geben könnte. Der Gedanke störte meine Geilheit aber keineswegs. Eher im Gegenteil.

Zu meiner Überraschung hielt Jonas mit seinen Stößen nun inne. Er zog sich aus mir zurück, befreite sich vom Kondom und machte es sich selbst mit der Hand. Was sollte das nun werden? Wollte er Sofie ins Gesicht oder mir auf den Po spritzen? Oder beides zugleich?

Ich drehte mich weg. Zwar hatte ich grundsätzlich nichts gegen fremdes Sperma auf meiner Haut, aber das war mir zu nah an meiner Muschi. Dort tolerierte ich ausschließlich Steffens Saft. Jonas ließ sich jedoch nicht beirren, machte weiter, und im nächsten Augenblick sprudelte es aus seinem Schwanz heraus – in Sofies Gesicht und darüber hinaus bis auf ihre Brüste.

Oder genauer gesagt: Auf das Kleid über ihrem Busen. Denn Sofie war ja ebenso wenig nackt wie ich. Jonas´ Sperma landete zu einem erheblichen Teil dort.

„Das muss wohl in die Wäsche", sagte ich, während ich Sofie durch den Stoff hindurch die Brüste streichelte und damit das Sperma nur noch stärker einrieb.

„Ich glaube, es gibt Schlimmeres", entgegnete sie mit versonnenem Lächeln.

Stimmt, dachte ich. Zum Beispiel Sand in der Muschi. Ich war mir zwar nicht ganz sicher, ob Sofies Hand wirklich sandig gewesen war, aber irgendwie hatte ich das dringende Bedürfnis, mich zu waschen. Ich streifte mein Kleid ab und fragte in die Runde:

„Hat jemand Lust auf ein nächtliches Bad?"

Ohne eine Antwort abzuwarten, wandte ich mich in Richtung Wasser.

„He, was ist mit mir?", fragte mein erstaunter Mann.

Ich sah mich nach Steffen um, der soeben das Kondom von Schwanz gezogen und wohl erwartet hatte, dass Sofie oder ich oder am besten wir beide es ihm nun machen würden. Es war vielleicht nicht sonderlich nett von uns, aber weder Sofie noch ich erfüllten ihm den Wunsch.

Auch meine Freundin zog ihr Kleid aus. Hand in Hand gingen wir ins Wasser, die beiden Männer folgten uns kurz darauf. Und einer von ihnen war unbefriedigt geblieben. Ich wusste, dass das eine ungewöhnliche Erfahrung für meinen Liebsten war und nahm mir vor, ihn später noch einmal ganz zärtlich zu verwöhnen. Ich wusste ja, womit ich ihm eine besondere Freude würde machen können.

Allerdings musste das noch etwas warten. Nach unserem kurzen Bad wurde mir kalt. Ich sah den anderen an, dass es ihnen ebenso ging. Zwar war das Mittelmeer noch ziemlich warm, aber die Luft hatte sich nach Sonnenuntergang doch deutlich abgekühlt. Da wir keine Handtücher dabei hatten, streiften wir uns unsere Sachen einfach so über und gingen zurück zum Hotel.

Auf dem Weg durch den kleinen Ferienort begegneten uns ein paar andere Touristen – und alle schauten uns aufmerksam an. Mein dünnes Kleid hatte sich wie eine zweite Haut auf meinen nassen Körper gelegt, was meine weiblichen Rundungen sehr betonte. Bei Sofies großer Oberweite sah das noch provozierender aus – zumal ihr Kleid an dieser Stelle auch noch verschmiert war. Es begegneten uns zwar nur wenige Menschen, aber deren Blicke tasteten uns regelrecht ab. Vielleicht hätten wir etwas weniger Aufmerksamkeit erregt, wenn Jonas und Steffen, zwischen denen ich zeitweise ging, nicht auch noch gleichzeitig ihre Hände auf meinem Po gehabt hätten.

Sofie sah ebenso wenig wie ich eine Veranlassung, den neugierigen Blicken der abendlichen Spaziergänger auszuweichen. Im Gegenteil: Ich hatte beinahe den Eindruck, dass sie stolz war auf die Flecken, die auf ihrem Kleid sichtbar waren. Outdoor-Sex hatte manchmal interessante Nachwirkungen.

Die Dusche war wundervoll. Ich spürte, wie mit dem heißen Wasser, das über meine Haut lief, die Wärme in meinen Körper zurückkehrte. Wir hatten uns mit Sofie und Jonas verabredet, nach dem Duschen noch einen gemeinsamen Absacker in der Bar zu nehmen. Doch als Steffen der Dusche entstieg und nackt vor mir stand, konnte ich nicht widerstehen, ihn zu umarmen und zu zärtlich küssen. Sein Schwanz war zusammengefallen, aber ich wusste, dass ich das ändern konnte. Ich griff danach und spürte, wie er sich in meiner Hand mehr und mehr aufrichtete. Ich ging vor ihm in die Hocke und nahm ihn in den Mund. Eigentlich hatte ich mir das erst für später vorgenommen – sozusagen als ausgedehnten Gutenachtkuss. Aber manchmal lassen sich Dinge ganz einfach nicht aufschieben.

Ich verwöhnte ihn gleichzeitig mit dem Mund und mit der Hand. Ich wusste, dass er das liebte und legte viel Gefühl in mein Blasen. Er stand vor mir, und ich konnte seinen erregten Atem hören, während ein paar Wassertropfen von seinem Körper auf mich herabfielen. Auch nach inzwischen elf Jahren, die wir nun zusammen waren, faszinierte mich sein großer Schwanz doch immer wieder. Vor allem, wenn er so hart war wie jetzt.

Ein bisschen hatte mir Steffen ja leid getan, als er vorhin am Strand unbefriedigt geblieben war. Dafür wollte ich ihm diese kleine Entschädigung gern schenken.

Als es ihm kam, hielt ich meine Lippen fest geschlossen. Ich schluckte alles, was aus ihm heraussprudelte und öffnete den Mund erst wieder, als das Zucken seines Schwanzes vollständig zum Ende gekommen war und sein steifes Teil allmählich zu schrumpfen begann. Anschließend leckte ich die Eichel ab, stand auf und umarmte meinen Mann. Gefühlvoller und leidenschaftlicher als in diesem Augenblick hätte sein Kuss nicht sein können, den er mir nun gab. Anschließend setzte ich mich aufs Bett und sah ihm beim Anziehen zu – was dieses Mal deutlich länger dauerte, als ich das von ihm gewohnt war. Auch er ließ mich dabei kaum eine Sekunde aus den Augen.

„Ihr habt aber lange geduscht", sagte Sofie, als wir kurz darauf die Bar betraten.

„Wir mussten erst noch etwas nachholen", entgegnete ich augenzwinkernd.

„Nachholen?", fragte Jonas, der offensichtlich nicht verstanden hatte, was ich meinte.

Sofie hingegen schien das ganz genau zu wissen. Jedenfalls deutete ihr verschmitztes Lächeln sehr darauf hin. Eigentlich sah ich keine Notwendigkeit, Jonas aufzuklären. Doch als ich ihn ansah und mir dabei sehr langsam und möglichst sinnlich mit der Zunge über die Lippen meines halb geöffneten Mundes fuhr, huschte auch über sein Gesicht ein erkenntnisreicher Aha-Blick.

Wir dehnten den Absacker nicht sonderlich aus. Alle vier waren wir müde – sowohl von unserer ausgedehnten Wanderung als auch vom Sex, den wir an diesem Tag reichlich gehabt hatten. Zu meiner Überraschung wollte Steffen trotzdem noch einmal mit mir schlafen, als wir kurz darauf in unserem Bett lagen. Er nahm mich langsam und zärtlich in der Missionarsstellung und ich fühlte mich meinem Liebsten einfach nur sehr, sehr nah. Engumschlungen schliefen wir kurz darauf ein.

Alte Höhlen und enge Autos: Die Erotik eines Regentags

Als wir am anderen Morgen zum Frühstück gingen, regnete es – und zwar heftig. Wir hatten uns für diesen Tag zwar noch nichts vorgenommen, aber glücklich war ich mit dem Wetter nicht gerade. Die Möglichkeiten für Outdoor-Aktivitäten würden zumindest erheblich eingeschränkt sein. Selbst unseren Lieblingsplatz auf der Terrasse des Restaurants konnten wir wegen des Wetters nicht nutzen, sondern mussten drinnen frühstücken.

Sofie und Jonas schien das Wetter nicht sonderlich zu stören. Sie wirkten fröhlich wie meist, als sie zur Tür hereinkamen – wenn auch leicht durchnässt. Ich stand gerade am Buffet, um mir Baguette und Rührei zu holen, während Steffen sich schon am Tisch niedergelassen hatte. Die beiden gingen zu ihm und hängten ihre Regenjacken über zwei Stühle. Steffen stand auf und gab beiden eine kurze Umarmung. Anschließend kamen sie zu mir. Auch ich stellte meinen Teller für einen Moment zur Seite und umarmte beide zur Begrüßung – Sofie etwas länger als ihren Freund.

„Na, was fangen wir an mit diesem Regentag?", fragte ich.

„Am besten, wir gehen wieder ins Bett", kicherte Sofie und sah mich vielsagend an.

„Den ganzen Tag?", entgegnete ich augenzwinkernd.

„Warum nicht? Unser Doppelbett ist ja jetzt dank eurer Kabelbinder gut gesichert. Das hält auch Aktivitäten zu viert aus, ohne dass man größere Schäden befürchten muss."

„Na mal schauen, wie sich das Wetter weiter entwickelt", sagte ich und wandte mich wieder dem Frühstücksangebot zu.

Als ich mich umdrehte, bemerkte ich einen der beiden Männer von jenem schwulen Pärchen, deren Aufmerksamkeit wir Tags zuvor durch unser Gespräch auf uns gezogen hatten. Offensichtlich war uns das schon wieder gelungen. Jedenfalls grinste mich der Mann verhalten an, während wir uns beide von dem gerösteten Schinken nahmen. Vermutlich war er bei den Stichwörtern „Doppelbett" und „Kabelbinder" hellhörig geworden, mutmaßte ich. Welcher Film mochte nun wohl in seinem Kopfkino angelaufen sein?

Am liebsten hätte ich ihm erklärt, dass der Kabelbinder eine eher harmlose Funktion hatte. Aber damit hätte ich seinen Gedankenfilm sicherlich erst richtig zum Laufen gebracht. Immerhin hätte er dann eine zumindest indirekte Bestätigung erhalten, dass unser Vierer-Verhältnis keineswegs nur freundschaftlicher Natur war. Aber vielleicht mutmaßte er das ohnehin. Schwule Männer waren oftmals sehr einfühlsam und hatten ein Gespür für solche Dinge.

Natürlich erklärte ich ihm nichts, sondern erwiderte sein Grinsen lediglich mit einem unverbindlichen Lächeln. Es gab keine Veranlassung, einem fremden Menschen irgendwelche Details aus meinem Sexualleben zu erläutern. Doch solche Gedanken entstanden ganz unfreiwillig zwischen Käseplatte und Kaffeeautomat. Würden er und sein Partner wohl eine andere Verwendung für Kabelbinder haben? Als wir kurz darauf zu viert genau darüber spekulierten, waren wir etwas leiser als am Vortag. Es musste ja nicht das ganze Restaurant mitbekommen, worüber wir sprachen. Auch wenn der Raum eher spärlich gefüllt war. Allerdings herrschte hier eine bessere Akustik als auf der Terrasse.

Als die beiden Schwulen etwas später ihr Frühstück beendet hatten und an uns vorübergingen, bedachten uns beide mit einem eigentümlichen Lächeln. Vor allem der Mann, mit dem ich kurz zuvor gemeinsam am Buffet gewesen war, setzte erneut sein Grinsen auf – nun sogar noch etwas deutlicher. Offenbar hatten auch er und sein Partner über dieses Thema und über uns gesprochen. Ich fühlte mich missverstanden.

Wir beschlossen, den Tag nicht im Bett zu verbringen, sondern trotz Regens einen Ausflug zu unternehmen. Unser Mietwagen stand vor der Tür, darin würden wir schon trocken bleiben. Und irgendwann, da war ich ganz zuversichtlich, würden die Wolken schon aufreißen. Es war sicherlich kaum zu erwarten, dass es den ganzen Tag regnen würde.

Meine Zuversicht löste sich beim Anblick des unermüdlich arbeitenden Scheibenwischers allerdings mehr und mehr auf. Der Regen schwankte zwar in seiner Heftigkeit, begleitete uns ansonsten aber verlässlich durch den Tag.

Wir hatten als Ziel die westlich gelegene Stadt Ciutadella angepeilt. Auf dem Weg dorthin wurden wir uns einig, dass ein Stadtbummel bei dem Wetter wohl nicht sonderlich lustig werden würde. So gingen die anderen drei auf meinen Vorschlag ein, zuvor einen Abstecher zu einigen prähistorischen Höhlen zu unternehmen, die es nördlich der Stadt gab – auch wenn die Begeisterung für meine Idee eher verhalten war. Aber es hatte auch niemand eine bessere Idee, sodass ich mich guten Gewissens auf den Ausflug in die Frühzeit der menorquinischen Besiedlung freuen konnte.

Offensichtlich hatte außer uns niemand den Wunsch, diesen Teil der Inselgeschichte zu erkunden. Auf dem Parkplatz standen zwar zwei Autos, aber von deren Insassen entdeckten wir nichts – auch nicht, als wir die kurze Strecke von der Straße zum Eingang der Höhlen zurückgelegt hatten.

„Ein bisschen unheimlich hier", stellte Sofie fest, als wir uns umsahen. „Hier haben früher Menschen gewohnt?"

„Gewohnt würde ich nicht sagen", teilte ich mein Reiseführer-Wissen mit. „Sie haben hier in der Bronzezeit ihre Toten bestattet."

„Das ist ein Friedhof?"

„Es sind Grabhöhlen. Wenn du willst, kannst du es auch als Friedhof bezeichnen. Es gibt aber keine Überreste mehr von den Toten. Die Höhlen sind schon vor Jahrhunderten geplündert worden."

„Schon mal auf einem Friedhof gevögelt?", warf nun Steffen ein und grinste breit in die Runde.

Ich war mir nicht ganz sicher, ob mein Liebster einfach nur einen Spruch gemacht oder ob er es vielleicht ernst gemeint hatte. Damit rechnen musste man bei ihm immer – auch wenn er bisher noch keinerlei nekrophile Neigungen hatte erkennen lassen. Als ich sah, mit welch lüsternem Blick er auf Sofies Oberweite starrte, beschlich mich der Gedanke, dass das vielleicht tatsächlich nicht nur ein Spruch gewesen war. Wollte er allen Ernstes schon wieder Sex? Hier?

Sofie hatte ihre Regenjacke für die kurze Strecke zwischen Parkplatz und Höhle offen gelassen. So war ihr T-Shirt zwar nicht völlig durchnässt, aber auch nicht mehr ganz trocken, als wir jetzt in dieser alten Grabhöhle standen. Trotz ihrer großen Oberweite trug sie auch heute keinen BH unter dem engen Shirt, so dass sich ihre Brüste unter dem feuchten Stoff noch deutlicher abzeichneten als sonst – wenn auch vielleicht nicht ganz so sehr wie am Vorabend, als wir von unserem Strandspaziergang zurückgekommen waren.

Plötzlich hatte ich den Gedankenblitz, dass sie ihre Jacke im Regen ganz bewusst nicht geschlossen hatte. Ich erlebte Sofie als eine Frau, die gern ihre weiblichen Reize präsentierte. In ihrem Blick lag durchaus Stolz, als Steffen sie mit seinen Blicken abtastete. Sie wusste ganz genau, wie sie auf Männer wirkte. Und nicht nur auf Männer.

Gespannt sah ich zu, wie Steffen auf sie zuging und ganz einfach ihre Brüste zu massieren begann.

„Dein T-Shirt ist ja ganz nass", sagte er leise als er sie berührte.

„Ja", hauchte sie mehr, als dass sie es sagte. „Ich habe vorhin wohl vergessen, meine Jacke zuzumachen."

Vergessen, grinste meine Erotikfee. So so …

Weder Jonas noch ich bewegten uns in diesem Moment. Wir standen ein paar Meter voneinander entfernt, unsere Liebsten zwischen uns. Beide betrachteten wir voller Spannung, was die zwei da miteinander anfangen würden. Ich hatte nicht im Geringsten damit gerechnet, dass unser Ausflug in die Bronzezeit eine erotische Nebenwirkung haben könnte. Doch plötzlich war es, als hätte jemand einen Schalter umgelegt.

Vor allem, als Steffen Sofies T-Shirt nach oben schob und ihre Brüste freilegte, hatte er damit auch meine historische Neugierde beiseitegeschoben. Er vergrub seinen Kopf in ihrem Busen, was ihr sichtlich gefiel. Schön, dass die Frau nicht viel kleiner war als Steffen, dachte ich. So musste er sich nicht allzu weit herunterbeugen. Ich war gespannt, wie weit die beiden hier in dieser nicht sonderlich romantischen Umgebung gehen würden.

Ich hätte es mir wohl denken können, dass sie es nicht beim Fummeln belassen würden. Dafür waren Sofie und Steffen einfach zu heiß aufeinander. Das war ganz offensichtlich. Es dauerte nicht lange, und Sofie ging vor meinem Mann in die Knie. Geschickt öffnete sie seine Jeans, legte seinen Schwanz frei und nahm ihn in den Mund. Allerdings blies sie ihn nur kurz – gerade mal so lange, bis er ganz steif war. Und das ging ziemlich schnell – wie immer, wenn Steffen eine Frau wollte. Dass das jetzt der Fall war, lag auf der Hand. Beziehungsweise in der Hand – in Sofies zarter Hand.

Kaum hatte sie ihn vollends steif geblasen, stand sie wieder auf, drehte ihm den Rücken zu, hielt sich mit den Händen an der Mittelsäule der künstlichen Höhle fest und streckte ihm aufreizend ihren Po entgegen.

Na, dachte ich. Was machst du jetzt? Schließlich trug Sofie heute keinen Rock, den man einfach hochschieben konnte, sondern eine Jeans. Die Sache war nicht ganz so einfach wie am Vorabend am Strand. Aber Steffen ließ sich davon nicht aufhalten. Es dauerte nur Sekunden, und Sofies Jeans war nach unten gerutscht. So gut es ging, öffnete sie ihre Beine und sein Schwanz drückte sich gegen ihren blanken Po. Steffen griff in seine Jackentasche und plötzlich lag in seinem Blick so etwas wie Verzweiflung.

„Mist!", entfuhr es ihm und er sah Jonas an: „Sag mal, hast du …"

Er hatte. Bevor Steffen den Satz beenden konnte, reichte Jonas ihm ein Kondom. Damit hellte sich Steffens Blick wieder sichtlich auf. Nanu, dachte ich innerlich grinsend. Steffen hatte ausnahmsweise mal keine Gummis dabei? Wie konnte das denn passieren?

„Ich hoffe, du hast noch mehr davon", sagte ich zu Jonas, während die anderen beiden zu ficken begannen.

Natürlich hatte er noch mehr. Ich stellte mich neben Sofie, hielt mich ebenfalls an dieser vor Jahrtausenden in den Fels gehauenen Säule fest und streckte Jonas meinen Po entgegen. Um ihm die Sache etwas zu erleichtern, öffnete ich meine Jeans selbst und schob sie samt Slip nach unten. Das Teil war ziemlich eng. Ich hatte schon einmal erlebt, dass ein Mann beim Versuch, mich aus dieser Hose zu pellen, schier verzweifelt war.

Als ich Jonas meinen nackten Po entgegenstreckte, hatte er bereits das Gummi über dem steifen Schwanz. Was er in den Minuten zuvor gesehen hatte, war wohl An- und Erregung genug gewesen, um reichlich Leben in seine Männlichkeit zu bringen.

Von Anfang an fickte er mich mit schnellen und tiefen Stößen – ebenso wie mein Mann das mit seiner Freundin tat. Es war zwar nicht sonderlich bequem, es hier und so zu tun, aber es war ungewöhnlich. Allein das empfand ich als Kick.

Leider fand unser Quickie im Stehen jedoch ein ziemlich schnelles Ende. Während Jonas mich von hinten nahm, fiel mein Blick auf den Eingang der Höhle sowie auf den Weg, der vom Parkplatz hierher führte. Dort draußen näherten sich doch tatsächlich zwei Gestalten unter einem Regenschirm. Für einen Augenblick stockte mir der Atem. Dann allerdings ging alles ganz schnell. Es dauerte nur Sekunden, bis wir alle uns wieder angezogen hatten – und Jonas beide benutzte Kondome sowie deren aufgerissene Verpackungen in seine Hosentasche gesteckt hatte.

Als sei nichts gewesen, teilte ich mit einer Fremdenführer-Stimme den anderen drei mit, was ich über die Höhlen und die frühe Besiedlung Menorcas gelesen hatte. Das Paar, das soeben hereinkam und seinen Regenschirm zusammenklappte, hörte aufmerksam zu. Offenbar waren es ebenfalls deutsche Touristen.

„Bis wann haben die Leute hier ihre Toten bestattet?", fragte die Frau in einem deutlichen Wiener Akzent nach.

„Bis ins zweite Jahrhundert nach Christus", entgegnete ich – womit mein Reiseführer-Wissen dann allerdings auch so ziemlich erschöpft war.

Die beiden Österreicher sahen sich aufmerksam um. Beide zeigten deutliches Interesse: die Frau an der Geschichte der Höhlen, der Mann an Sofies Oberweite unter dem nassen T-Shirt.

Das abrupte Ende unseres Höhlen-Quickies hatte uns keineswegs abgekühlt. Als wir kurz darauf wieder im Auto saßen (Sofie vorn neben Steffen, Jonas und ich auf dem Rücksitz), musste niemand aussprechen, was wir wohl alle dachten: Wo um alles in der Welt konnten wir das jetzt möglichst bald fortsetzen?

Steffen fuhr ein bisschen in der Gegend umher und wählte ganz bewusst kleine Straßen. Ich überließ es vertrauensvoll ihm, einen geeigneten Ort zu suchen. Wenn Steffen Sex wollte, dann war er ausgesprochen findig. Dass er Sex wollte, stand außer Frage. Aber damit war er ja schließlich nicht der einzige.

Jonas und ich fummelten während der Fahrt aneinander herum. Dabei öffnete ich ihm erneut die Hose und legte seinen Schwanz frei. Ich beugte mich in seinen Schoß und nahm ihn in den Mund. Er schmeckte ein wenig nach Gummi, aber das war ja auch nicht anders zu erwarten gewesen. Jonas' Hände legten sich auf meinen Kopf – gerade so, als wolle er verhindern, dass ich möglicherweise aufhören könnte mit dem, was ich da tat. Aber das hatte ich keineswegs vor. Ich blies ihn beinahe während der gesamten Fahrt, auch wenn die nicht übermäßig lang war. Erst als er schwerer zu atmen begann, ließ ich seinen Schwanz wieder an die Luft. Abspritzen sollte er nicht, dachte ich. Jedenfalls noch nicht. Und auch nicht in meinem Mund.

Als ich nun wieder nach vorn schaute, stellte ich fest, dass Sofie ihren Kopf ebenfalls in Steffens Schoß hatte – und dort ganz offensichtlich das Gleiche mit ihm tat, was ich soeben mit ihrem Freund gemacht hatte. Mein Liebster hingegen war noch immer mit dem Steuern des Fahrzeugs beschäftigt – und konnte sich daher sicherlich nicht so recht auf Sofies Liebkosungen konzentrieren. Ich war mir sicher, dass ihm trotzdem gefiel, was sie tat.

Endlich fand er einen kleinen Stichweg, der einsam aussah. Steffen setzte rückwärts hinein und stellte den Motor ab. Richtig geschützt standen wir hier zwar nicht, aber das war uns allen jetzt ziemlich egal. In dem dichten Regen war kaum jemand unterwegs. Und falls doch ein Auto auf der größeren Straße in der Nähe vorbeikommen sollte, so würde vermutlich niemand ins Innere unseres Fahrzeugs sehen können, da die Fensterscheiben mit dem Abschalten der Lüftung umgehend beschlagen waren.

Das lag sicherlich daran, dass wir alle im Regen kurz zuvor nass geworden waren. Es lag aber auch daran, dass wir vier ziemlich heiß waren – heiß aufeinander. Kaum hatte Steffen den Motor abgeschaltet, fielen wir übereinander her. Die wenige Luft in dem kleinen Auto wurde dabei zunehmend zur feucht-schwülen Atmosphäre einer Dampfsauna.

Auf dem engen Rücksitz war es nicht ganz einfach, sich aus den nicht minder engen Jeans zu pellen. Aber ich wollte raus aus dem Ding, und irgendwie gelang mir das schließlich auch. Ich nahm dabei wahr, wie Jonas ein Kondom nach vorn reichte und sich selbst eins über den Schwanz zog – dann saß ich auch schon auf seinem Schoß. Bequem war etwas anderes, aber heiß war es dennoch. Ich wollte diesen Mann in mir spüren, und fand es einfach nur geil, als sein steifes Teil in meine feuchte Muschi glitt. Ich begann auf ihm zu reiten, er schob mein Shirt nach oben und befummelte meine Brüste, bis er schließlich seine Hände auf meinen Rücken wandern ließ und auch meinen BH öffnete. Dann endlich lag auch mein Busen frei. Während ich auf Jonas ritt, vergrub er sein Gesicht darin. Von vorn nahm ich eindeutige Geräusche wahr, konnte aber natürlich nicht sehen, was dort hinter meinem Rücken passierte. Aber ich wusste auch so, dass Sofie und Steffen ebenfalls fickten – in welcher Stellung das die beiden mit ihren langen Beinen in dem engen Auto auch immer hinbekommen mochten.

Ich nahm Jonas´ Kopf in die Hände, zog ihn von meinem Oberkörper weg und sah ihm tief in die Augen. Ohne meinen Ritt zu verlangsamen, küsste ich ihn – lange und verlangend. Dass er mir dabei seinen Schwanz von unten stärker entgegenstieß, empfand ich als angemessene Reaktion. Ich wollte seine Haut auf meinem Busen spüren und schob auch ihm das T-Shirt nach oben. Er zog es sich schließlich ganz aus, und ich presste meine Brüste gegen seinen nackten Oberkörper.

Ich spürte, wie sich mein Höhepunkt anbahnte. Die Stellung auf dem Rücksitz war zwar unbequem, aber trotzdem wurde ich genau richtig stimuliert. Jonas durfte jetzt nur nichts verändern. Doch dazu gab ich ihm auch keine Chance. Ich saß auf ihm, ich hatte ihn und unseren Fick gut im Griff. Als es mir schließlich kam, schrie ich meinen Orgasmus heraus – und fast im selben Augenblick hörte ich auch Jonas schreien.

Allerdings war das kein Lustschrei. Erst mit zwei, drei Sekunden Verzögerung realisierte ich, dass ich in meiner Erregung mit den Fingernägeln über seinen

Rücken gekratzt hatte – und damit über seinen Sonnenbrand. Er erstickte seinen spontanen Schrei, indem er die Luft anhielt und mich mit großen Augen ansah. Sofort entkrampften sich meine Finger wieder, ansonsten konnte ich in diesem Moment jedoch nicht allzu viel Rücksicht nehmen. Ich ritt weiter auf ihm und kostete meinen Höhepunkt aus – bis ich endlich wieder zu Ruhe kam.

„Tut mir leid", flüsterte ich ihm schließlich ins Ohr.

Ich wusste, dass das schmerzhaft gewesen sein musste. An seinen Sonnenbrand hatte ich nun wirklich nicht gedacht.

„Schon okay", entgegnete er ebenso leise und begann, sich wieder unter mir zu bewegen.

Glücklicherweise hatten meine Fingernägel auf seinem Sonnenbrand wohl keine übermäßig enterotisierende Wirkung gehabt. Sein Schwanz hatte jedenfalls nichts von seiner Standfestigkeit eingebüßt, stellte ich fest und nahm meine reitenden Bewegungen wieder auf.

Bald darauf spürte ich, dass Jonas sich zu verkrampfen begann – diesmal allerdings aus erfreulicheren Gründen. Schließlich kam er in mir – ganz leise, ganz sanft. Wir lächelten uns an, küssten uns, und ich blieb noch eine kleine Weile auf ihm sitzen. Erst als sein Schwanz zu schrumpfen begann, stieg ich vorsichtig von ihm herunter, während er das Kondom festhielt.

Etwas außer Atem saßen wir nun nebeneinander und schauten nach vorn. Sofie und Steffen waren noch nicht so weit. Sie machten es in der gleichen Stellung, wie Jonas und ich es getan hatten. Steffen saß auf dem Beifahrersitz und Sofie auf seinem Schoß. Etwas anderes wäre in dem engen Auto wohl auch kaum möglich gewesen.

Als ich mich neben Jonas gesetzt hatte, sah mir seine Freundin über Steffens Schulter hinweg und an der Kopfstütze vorbei in die Augen. Ich hatte den Eindruck, es erregte sie zusätzlich, sowohl ihren Freund als auch mich anzusehen, während sie es mit meinem Mann tat. Ich schob eine Hand zu ihrem Gesicht, und sie küsste sie. Ich steckte ihr einen Finger in den Mund, an dem sie sofort zu saugen begann. Ich hatte die Fantasie, dass sie unter anderen räumlichen Bedingungen jetzt vermutlich gern etwas anderes in den Mund genommen hätte. Aber das gab der begrenzte Innenraum des Mietwagens nun wirklich nicht her. Schließlich beugte ich mich zu ihr und küsste sie.

Als sich unsere Lippen wieder voneinander lösten, küsste sie Steffen – um sich anschließend ganz auf den Fick mit ihm zu konzentrieren. Ich hatte den Eindruck, sie ritt auf seinem Schwanz ihrem Höhepunkt entgegen. So wie ich Sofie kennengelernt hatte, war ich mir aber gar nicht sicher, ob sie den auch tatsächlich erreichen würde. Meine Zweifel waren berechtigt.

„Ich kann nicht mehr", sagte sie schließlich, während ihre Bewegungen auf Steffens Schoß erstarben.

Das sah man ihr an. Sie war außer Atem und sichtlich verschwitzt. Doch zu meiner Überraschung fügte auch Steffen im nächsten Augenblick hinzu:

„Ich auch nicht."

Das war ziemlich ungewöhnlich für ihn. Den Sex mit einer schönen Frau abzubrechen, bevor er gekommen war, hatte ich noch nicht oft bei ihm erlebt. Aber offensichtlich hatte die unbequeme Haltung ihren Tribut gefordert.

Sofie blieb dennoch auf seinem Schoß sitzen. Ich war mir sicher, dass Steffens Schwanz noch immer steif und in ihr war. Sehen konnte ich das so natürlich nicht. Mein Liebster drehte sich halbwegs zu mir um und lächelte mich an. Ebenso wie Sofie hatte auch er Schweißperlen auf der Stirn. Ich küsste einige davon weg, bevor ich ihm einen Kuss auf den Mund gab.

„So ganz bequem ist das alles hier auch nicht", sagte ich und schaute die beiden mit leichtem Bedauern an.

„Aber ihr zwei seid trotzdem zum Höhepunkt gekommen", entgegnete Sofie. „Oder?"

„Ja", bestätigte ich mit einem versonnenen Lächeln.

„Sogar zu einem gemeinsamen Orgasmus, wenn ich das richtig gehört habe", setzte sie nach.

„Nein", widersprach Jonas. „Das was du da gehört hast, war eine Mischung aus Kirstens Höhepunkt und ihren Fingernägeln auf meinem Sonnenbrand. Das nächste Mal höre ich auf dich, wenn du mir Sonnencreme in die Hand drückst."

Jetzt war es Sofie, die ihren Freund bedauernd ansah. Doch zugleich hatte ich den Eindruck, dass in ihrem Blick auch Erleichterung lag. Selbst die tolerantesten Swinger hatten manchmal Probleme damit, wenn der eigene Partner beim Fremdfick einen gemeinsamen Orgasmus erlebte. Auch ich hatte mich schon bei schrägen Gedanken ertappt, als Steffen das einmal mit einer anderen Frau hatte. Und Sofie mit ihren ausgeprägten Orgasmusproblemen hätte das sicherlich einen Stich versetzt, mutmaßte ich. Da war es dann vielleicht doch besser zu hören, dass eine andere Frau ihrem Liebsten nur den Sonnenbrand zerkratzt hatte – selbst wenn das natürlich auch nicht schön war.

Das Ausziehen im engen Auto war kompliziert gewesen – das Anziehen erwies sich als ein Ding der Unmöglichkeit. So öffnete ich schließlich die Tür und stieg aus, um das draußen zu erledigen. Mein Fuß, den ich vor das Auto setzte, landete direkt im Matsch. Auch der prasselnde Regen war nicht schön, aber das Anziehen neben dem Fahrzeug vereinfachte die Sache ganz erheblich. Die anderen drei taten es mir gleich. Dummerweise fuhr in diesem Moment auf der größeren Straße in der Nähe ein Auto vorbei, das auffällig langsam wurde, als es den kleinen Stichweg passierte, in dem unser Wagen stand. Für fremde Augen musste das wohl ein merkwürdigen Anblick sein: Vier Menschen standen bei strömendem Regen vor einem Auto und zogen sich an. Wer mochte sich darauf schon einen Reim machen? Aber vielleicht fuhr der Fahrer jenes Wagens ja auch aus ganz anderen Gründen langsamer. Vielleicht jedenfalls.

Wir hatten es eilig mit dem Anziehen; schließlich wollte niemand länger im Regen stehen als unbedingt nötig. Außer Sofie. Die blieb recht lange draußen und sah sich suchend um.

„Was ist los?", fragte Jonas.

„Mein Slip ist weg", entgegnete sie, beugte sich nach unten, schaute unter das Auto und zuckte schließlich mit den Schultern.

„Du hast ihn doch hier drinnen ausgezogen", sagte ihr Freund, als sie schließlich doch wieder eingestiegen war.

„Nein", erwiderte sie. „Steffen hat ihn mir ausgezogen."

Mein Liebster hob unwissend die Schultern, alle vier schauten wir uns suchend im Innern des Fahrzeugs um, aber Sofies Slip blieb verschollen. Vielleicht hatte sie ihn doch mit nach draußen genommen und dort versehentlich in den Matsch getreten. Schließlich stellten wir die Suche ein und brachen auf.

„Was machen wir jetzt?", fragte ich in die Runde.

„Jetzt müssen wir ins Hotel zurück", entgegnete Jonas.

„Warum?"

„Ich habe keine Kondome mehr."

Natürlich hatte ich Steffens Bitte zugestimmt, die Plätze zu tauschen. Er und Sofie sollten auf der Rückfahrt zum Hotel gern hinten im Wagen Platz nehmen. Ich wusste genau, dass mein Liebster Gelegenheit haben wollte, zumindest noch ein wenig zu fummeln. Schließlich war der Autoquickie für Jonas und mich doch wesentlich befriedigender gewesen als für unsere Liebsten. Erst hatten Sofie und Steffen die Nummer in der Höhle abbrechen müssen, und nun hatte sich das Innere des Autos als zu eng erwiesen – zumindest auf Dauer. Ich war mir sicher, dass Sofie und Steffen ein großes Bedürfnis nach mehr hatten – auch wenn die Rückfahrt dafür natürlich nur begrenzte Möglichkeiten bot.

Kaum hatte ich den Wagen gestartet, sah ich im Rückspiegel, dass ich mit meiner Vermutung richtig gelegen hatte. Während Jonas einfach nur liebevoll seine Hand auf mein Bein legte, begannen Sofie und Steffen hinten eine wilde Knutscherei. Nach kurzer Zeit hatte Steffen ihr das T-Shirt nach oben geschoben und ihre Brüste erneut freigelegt. Warum hatten sich die beiden überhaupt angezogen, schoss es mir durch den Kopf.

Ich konnte nicht widerstehen, den Spiegel so einzustellen, dass ich einen halbwegs guten Blick auf das bekam, was die zwei da trieben – auch wenn das im Sinne der Verkehrssicherheit wohl nicht sonderlich sinnvoll war. Trotzdem entschwand Sofie bald meinem Blickfeld. Nun ja, flüsterte meine Erotikfee: Wenn sie ihm einen blasen wollte, dann musste sie sich wohl in seinen Schoß beugen.

Auch Jonas klappte den Schminkspiegel auf der Beifahrerseite auf, konnte darin aber sicherlich nicht mehr erkennen als ich. Sein Grinsen verriet jedoch, dass er genug sah.

„Sie liebt es, fremde Schwänze zu blasen", sagte er leise zu mir.

„Ist mir schon aufgefallen", entgegnete ich, streichelte kurz Jonas´ Oberschenkel, schenkte ihm ein liebevolles Lächeln und fügte hinzu: „Die Vorliebe hat nicht nur sie."

Ich hatte keine Ahnung, ob einer der beiden da hinten etwas von unserem Gespräch mitbekommen hatte. Steffens Gesicht zeigte keine Reaktion – jedenfalls nicht auf unsere Worte. Sein verklärtes Gesicht verriet allerdings, dass Sofie ihre Sache offensichtlich gut machte. Ich bedauerte, dass ich es nicht direkt sehen konnte. Der Anblick von Steffens Schwanz im Mund einer anderen Frau, hatte mich schon immer sehr erregt. Ich ahnte, dass auch Jonas sich am liebsten umgedreht hätte, um den beiden besser zusehen zu können. Aber auch er beherrschte sich und ließ sie in Ruhe.

Steffen schloss die Augen. Dafür öffnete sich sein Mund – und er begann schwerer zu atmen. Ich wusste genau, was das zu bedeuten hatte. Er blieb ganz still, aber sein Körper spannte sich an. Schließlich erkannte ich, dass er gekommen war.

Hatte Sofie wohl bis zum Ende geblasen und sein Sperma vielleicht auch geschluckt? Oder hatte sie es ganz am Ende nur noch mit der Hand gemacht? Sich von einem fremden Mann in den Mund spritzen zu lassen, war ja so eine Sache. Längst nicht alle Frauen ließen so etwas beim Swingen zu.

Doch als Sofie kurz darauf wieder im Rückspiegel auftauchte und sich den verschmierten Mund abwischte, war ich mir sicher, dass sie genau das getan hatte. Ich war immer wieder erstaunt, wie unbefangen manche Frauen beim Partnertausch mit fremdem Sperma umgingen. Dazu zählte ich nicht. Zwar ließ auch ich mir gelegentlich nicht nur von Steffen in den Mund spritzen, aber normalerweise musste mir ein Mann dafür schon sehr vertraut sein. Vielleicht empfand Sofie das ja gegenüber Steffen so. Vielleicht machte sie sich aber auch einfach nur weniger Gedanken als ich das oftmals tat. Der eigene Kopf war ja manchmal das größte Hindernis beim Sex. Leider ließ er sich aber nicht auf Befehl abschalten. Meiner jedenfalls nicht.

Steffen bemerkte, dass ich ihn im Rückspiegel ansah und zwinkerte mir zu. Über mein Gesicht huschte ein Lächeln, und ich zwinkerte zurück.

Als wir wieder im Hotel waren, hatten wir alle das dringende Bedürfnis nach einer Dusche und trockenen Sachen. Anschließend jedoch gingen Steffen und ich erneut zu Sofie und Jonas. Die Nummer im Auto, so empfanden wir das wohl alle, war nur ein Auftakt gewesen, der uns alle eher heiß gemacht als befriedigt hatte.

Wir klopften an die Tür, die nur angelehnt war, und betraten dann einfach ihr Appartement. Es wunderte mich keineswegs, dass die beiden im Bett waren und vögelten. Sofie saß oben, und ich konnte sehen, wie Jonas´ steifer Schwanz in ihr steckte, während sie auf ihm ritt und uns dabei ihren schönen Po präsentierte. Im ersten Augenblick hatten die zwei uns offenbar gar nicht bemerkt – nicht einmal, als wir uns auszogen. Erst als Steffen und ich uns mit aufs Bett setzten und wir gemeinsam an Sofies hüpfenden Brüsten zu spielen begannen, nahmen sie uns wohl richtig wahr.

Ich saugte mich an ihrer Brustwarze fest und sah, dass Steffen auf der anderen Seite das Gleiche tat. Dann aber lehnte sich Sofie zurück, griff meinen Kopf und drückte mich in ihren Schoß. Ich erfüllte ihr den Wunsch, küsste ihre Muschi sowie den Ansatz von Jonas' Schwanz und konzentrierte mich schließlich auf Sofie. Ihr Ritt auf ihrem Freund erstarb nun ebenso wie seine anfänglich noch vorhandenen Stöße von unten. In dieser Position wäre es für die beiden wohl auch nicht so einfach gewesen, sich noch ernsthaft zu bewegen.

Aber Sofie wollte es so. Sie wollte, dass ich sie leckte, und das tat ich auch. Sie lehnte sich dabei noch weiter zurück, sodass Jonas' Schwanz aus ihr herausrutschte und mir regelrecht ins Gesicht sprang. Ich nahm ihn für einen Augenblick in den Mund, setzte dann aber umgehend meine Liebkosungen zwischen Sofies Schamlippen fort. Es dauerte nicht lange, bis sie kam.

Als ihr Orgasmus abgeklungen war, beugte sie sich wieder vor, ich griff zu Jonas' Schwanz und führte ihn in Sofies Muschi ein. Umgehend begann Jonas erneut, seine Freundin von unten zu stoßen. Im nächsten Augenblick packte er sie jedoch und drehte sie um. In der Missionarsstellung machten die beiden weiter. Steffen und ich legten uns neben sie und taten es auf die gleiche Weise. Sofies Erregung wurde wieder heftiger, aber einen weiteren Höhepunkt erlebte sie nun nicht. Ich sah in ihrem Gesicht, wie sehr ihr das missfiel. Schließlich schob sie ihren Freund von sich herunter.

Sie sah mich mit großen Augen an, und mir war klar, was sie nun wollte. Auch ich entwand mich Steffen, der sich zwar nur zögerlich aus mir zurückzog, dann aber doch akzeptierte, dass ich nun etwas anderes wollte.

Ich drückte Sofie auf den Rücken und legte mich in der 69 auf sie. Erneut atmete ich den erregenden Duft ihrer Muschi ein, bevor ich sanft mit der Zunge über ihre (sehr) feuchten Schamlippen strich. Währenddessen spürte ich ihre Hände auf meinem Po und senkte auch meinen Schoß über ihren Kopf. Als ich sie ernsthaft zu lecken begann, tauchte auch ihre Zunge bei mir ein.

Bald darauf hatte sie einen zweiten Höhepunkt und ich hielt inne. Sofie jedoch wartete nicht lange. Als ihr Orgasmus abgeklungen war, spürte ich erneut ihre Zunge. Sie wurde schneller und intensiver, reizte meinen Kitzler, ließ einen Finger in mich hineingleiten, zog ihn wieder heraus.

Im nächsten Augenblick spürte ich jedoch etwas anderes in mir: Jonas' Schwanz. Ehe ich mich versah, begann er, mich zu stoßen. Ich hatte nicht einmal Zeit gehabt, meinen üblichen Kontrollgriff an sein bestes Stück zu legen, mit dem ich stets überprüfte, ob ein fremder Schwanz auch in einem Kondom steckte. Aber mit den beiden hier hatte ich auch so genügend Vertrauen.

Während Jonas mich mit kräftigen Stößen nahm, leckte seine Freundin meinen Kitzler. Beide gemeinsam bescherten mir auf die Weise einen wundervollen Höhepunkt, den ich mit geschlossenen Augen genoss. Als ich sie wieder öffnete, sah ich direkt vor mir Steffens steifen Schwanz, über den er sich ein Kondom gerollt hatte. Er kniete sich zwischen Sofies weit geöffnete Beine. Mit der Eichelspitze streichelte er ihre Muschi, und im nächsten Augenblick war er in ihr. Als er sie zu stoßen begann, nahm ich mein Lecken wieder auf. Erneut kam Sofie – schneller und heftiger als zuvor.

Nun ließ ich von ihr ab, aber wir blieben alle in dieser Position. Ich sah einfach nur zu, wie mein Mann die Frau unter mir fickte – und ich genoss Jonas´ Stöße in mir. Er kam schließlich als erster von den beiden Männern. Ich spürte sein Zucken und wusste, dass er ins Kondom gespritzt hatte. Nicht lange danach war auch Steffen so weit. Auch er kam in Sofie. Als er sich schließlich aus ihr zurückzog, befreite ich seinen Schwanz vom Gummi, nahm ihn in den Mund und leckte die Spermareste ab.

Es machte sich eine ruhige und entspannte Nach-Sex-Stimmung breit. Alle vier waren wir befriedigt, hier und da wanderte eine Hand über nackte Haut, aber ansonsten lagen wir einfach nur da und ruhten uns aus. Erst nach einer Weile stand Jonas auf, ging in die Küche und kam mit einer Flasche Wein, aber ohne Gläser zurück. Wir ließen die Flasche kreisen und leerten sie ziemlich rasch.

Etwas später hatten wir noch einmal Sex zu viert. Und wieder wollte Sofie vor allem von mir verwöhnt werden. Ich hatte den Eindruck, sie war geradezu süchtig danach geworden, meine Liebkosungen an ihrer Muschi zu spüren. Stockhetero, schoss mir ihre Selbstbeschreibung vom Tag unseres Kennenlernens durch den Kopf – während sich mein Kopf zwischen ihren Oberschenkeln befand, ich ihre Erregung schmeckte und ihr Stöhnen hörte. Das konnte sie nun wirklich nicht mehr von sich behaupten. Was für eine Wandlung!

Das liegt an deiner gefühlvollen Zunge, lächelte meine Erotikfee. Ob meine Zunge wirklich besonders gefühlvoll war oder nicht: Auf jeden Fall hatte ich sie mehrfach zum Orgasmus gebracht – was Sofie ganz offensichtlich sehr genossen hatte. Sie hatte inzwischen wohl mehr Lust auf orale Spiele mit mir als auf einen Fick mit meinem gut gebauten Liebsten. Und das wollte etwas heißen!

Unser Sex hatte sich mehr oder weniger durch den gesamten Regentag gezogen: Vom eilig abgebrochenen Quickie in der alten Grabhöhle über den eher unbequemen Partnertausch im viel zu engen Auto bis hin zu diesem ausgedehnten Vierer im Doppelbett, das unsere Freunde inzwischen mit Steffens Kabelbindern gut gesichert und somit in eine solide Spielwiese verwandelt hatten. Und diese Spielwiese hatten wir reichlich genutzt. Oh ja!

Ich war schließlich ziemlich satt (jedenfalls was den Sex betraf) und allenfalls noch in schmusiger, keinesfalls jedoch mehr in erregter Stimmung. Jetzt Abendessen, dann vielleicht noch ein kleiner Absacker in der Bar und anschließend in den Armen meines Liebsten einschlafen, dachte ich. Aber Sofie hatte anderes im Sinn.

Sofies Wunsch und Jonas´ Verdruss: Der etwas andere Partnertausch

„Der Sex mit euch ist einfach der Wahnsinn", sagte sie etwas später während des Abendessens im Restaurant – und sah mich mit funkelnden Augen an.

„Schön, dass du das auch so wahrnimmst", entgegnete ich und schenkte ihr ein besonders warmes Lächeln.

„Ich hatte noch nie derart viele Orgasmen in so kurzer Zeit. Ich glaube, danach könnte ich süchtig werden."

Aha, dachte ich und lächelte nun auch in mich hinein.

„Wirklich schade, dass der Urlaub fast zu Ende ist", fügte Sofie hinzu, und ihre Miene verdunkelte sich ein wenig.

„Tja, so eine Woche ist kurz", warf Steffen ein.

„Wir haben noch eine Nacht und einen Tag vor uns", fuhr Sofie fort und dachte offensichtlich nach.

„Zwei Nächte", entgegnete ich.

„Nein, nur noch heute Nacht. Morgen zählt nicht. Da müssen wir schon früh um vier am Bus zum Flughafen sein."

„Oh je", sagte Steffen. „Das ist früh. Unser Flieger geht glücklicherweise erst gegen Mittag. Da können wir noch ausschlafen."

„Was fangen wir mit der einen noch verbliebenen Nacht an?", fragte Sofie nun in die Runde.

„Also offen gestanden: Ich bin ziemlich müde", entgegnete ich ehrlicherweise.

„Die letzte Nacht, die wir gemeinsam hier sind, einfach nur verschlafen?", entgegnete sie beinahe entsetzt.

„An was hattest du denn gedacht?", fragte Steffen, und auch Jonas blickte neugierig auf seine Freundin.

Einen Augenblick schwieg sie uns an – gerade so, als sei sie nicht sicher, ob sie ihre Gedanken wirklich aussprechen dürfe. Schließlich aber fragte sie etwas zögerlich:

„Habt ihr schon mal Partnertausch in getrennten Räumen gemacht?"

Die Frage löste ein lüsternes Flackern in Steffens Augen aus. Ich wusste, welcher Film jetzt in seinem Kopfkino anlief. Auch in meinen Kopf schoben sich umgehend Bilder meines nackten Liebsten, der zwischen den langen Beinen dieser schönen Frau lag. Dann allerdings musste ich feststellen, dass mein Gedankenfilm sich nur schwer auf eine Nacht mit Jonas einstellen konnte. Ich mochte ihn zwar und hatte geilen Sex mit ihm gehabt, aber ich war mir unsicher, ob ich eine Nacht allein mit ihm verbringen wollte. Diese Art von Partnertausch war etwas sehr Besonderes. Dafür kam nicht jeder Mann infrage – auch nicht jeder, mit dem ich beim Swingen Partnertausch erlebte. War Jonas ein Mann, mit dem ich so etwas machen wollte? Ich wusste es nicht.

Andererseits wollte ich auch Sofie und Steffen nicht abblocken, die offensichtlich sehr viel Lust auf diese Spielart hatten. Sie hatte es schließlich selbst vorgeschlagen, und im Blick meines Liebsten hatte ich eine begierige Zustimmung erkannt. Wobei mich alles andere aber auch gewundert hätte.

„Ja, haben wir schon gemacht", antwortete Steffen halbwegs sachlich auf Sofies Frage, wobei er seine Begeisterung nur mühsam verbergen konnte. „Und ihr?"

„Ja, einmal", entgegnete Jonas. „Das ist schon etwas sehr Besonderes."

Spontan strahlte ich ihn an – allerdings nicht, weil ich mich auf eine Nacht mit ihm freute, sondern weil er meinen Gedanken ausgesprochen hatte. Leider sah ich in seinem Gesicht, dass er meinen Blick anders interpretierte. Wie in Steffens Augen erkannte ich auch bei ihm die Lust auf diese Art Partnertausch. Immerhin konnte ich das als Kompliment eines Mannes werten, der neun Jahre jünger war als ich.

„Also ich wäre dabei", sagte Jonas mit verheißungsvoller Stimme und legte mir seine Hand auf meine Hand.

„Ich auch", ergänzte Steffen umgehend und zwinkerte Sofie zu – die sich nun allerdings zunehmend unwohl zu fühlen schien.

„Naja", sagte sie etwas zögerlich. „So hatte ich das eigentlich nicht gemeint."

„Sondern?", fragte Jonas und sah seine Freundin erstaunt an.

„Ich hatte gedacht, dass Kirsten und ich die Nacht verbringen könnten", fuhr sie fort, und war augenscheinlich sehr unsicher, wie ihr Vorschlag ankommen würde.

Tatsächlich lag nun ein Augenblick des Schweigens über dem Tisch. Ich sah Steffen an, dass er einigermaßen enttäuscht war. Bei Jonas war das anders: In seinem Blick lag Entsetzen.

„Das fällt nicht unter Partnertausch", sagte er missmutig.

„Nein", bestätigte Steffen und atmete tief durch. „Das fällt unter Ganz-besonderer-Liebesdienst-für-die-Liebste."

Ich sah meinen Mann mit einem zärtlichen Blick an. Seine Worte empfand ich als eine sehr schöne Sicht der Dinge. Denn er hatte wohl ganz richtig erkannt, dass mir Sofies Vorschlag durchaus gefiel. Und er hatte zu verstehen gegeben, dass er uns diese Nacht des weiblichen Alleingangs ermöglichen wollte. Doch er drang nicht bei allen am Tisch mit dieser einfühlsamen Deutung durch. Jonas setzte sich auf seinem Stuhl zurück, verschränkte die Arme und schien ernsthaft verärgert zu sein. Steffens zustimmende Interpretation erreichte ihn nicht.

„Und was machen Steffen und ich währenddessen?", fragte er gereizt.

„Ich würde sagen", entgegnete mein Liebster, „wir schauen mal, was die Cocktailkarte der Bar so alles zu bieten hat."

Das überzeugte Jonas allerdings nicht. Vermutlich allein schon deshalb nicht, weil die Bar ja irgendwann schließen würde.

„Außerdem", fuhr Steffen fort, „hole ich mein iPad und zeige dir ein paar schöne Bilder von Kirsten."

„Die Liveversion wäre mir lieber", grummelte Jonas.

„Ein paar schöne Bilder?", fragte ich und ahnte, was gemeint war.

„Ich habe eine Menge Bilder auf dem Tablet", fügte er augenzwinkernd hinzu. „Von Kirsten, von mir und von ein paar anderen interessanten Menschen."

Ich sah meinen Liebsten erstaunt an. Er wollte Jonas offenbar wirklich unsere Sexfotos zeigen. Ich wusste, dass er so ziemlich alles auf dem iPad hatte, was in den vergangenen Jahren an Bildern entstanden war. Und das war nicht eben wenig. Steffen war manchmal ausgesprochen fotografierfreudig. Zudem hatten wir Freunde, die ähnlich viel Spaß an Fotosessions hatten. So waren nicht nur erotische und sinnliche, sondern auch ziemlich heiße Gruppensex-Bilder entstanden – auch von mehr als vier Personen.

Jonas ahnte wohl so etwas. Jedenfalls hellte sich sein Blick wieder auf. Ein bisschen zumindest. Seine Augen ließen zumindest Neugierde erkennen. Steffen würde ihm hoffentlich nicht alles zeigen, was sein Tablet zu bieten hatte, dachte ich nur.

„Na gut", sagte er schließlich und fuhr an Steffen gewandt fort: „Aber das Doppelbett rücken wir zwei vor dem Schlafengehen auseinander!"

„Unbedingt!", pflichtete Steffen ihm bei.

Da hatte wohl jemand Angst vor ungebetenen Berührungen, dachte ich, und grinste in mich hinein. Das musste nun wirklich kein Mann von Steffen befürchten. Und eigentlich hätte Jonas das in den vergangenen Tagen auch schon feststellen können. Hatte er sicherlich auch. Trotzdem war ihm die Sache mit dem Doppelbett wohl wichtig – und sei es aus symbolischen Gründen.

Natürlich hatte Steffen mit seiner Bildershow-Ankündigung auch Sofie neugierig gemacht. So holte er nach dem Abendessen sein iPad und wir gingen zu viert in die Bar, die glücklicherweise nicht sonderlich gut besucht war. Wir setzten uns in eine Ecke und mein Liebster zeigte unseren Freunden Fotos von verschiedenen Swinger-Erlebnissen.

Dabei waren auch einige Bilder, die mich mit meiner Freundin Tabia in sehr eindeutigen Positionen zeigten. Als Steffen über den Bildschirm wischen wollte, hielt Sofie ihn davon ab und blätterte noch einmal ein paar Fotos zurück. Sie sah sich die Bilder von Tabia und mir lange und mit großen Augen an.

„Das macht mich ganz schön an", sagte sie schließlich.

„Das war auch ein heißes Erlebnis", pflichtete ich ihr bei.

„Noch vor einer Woche hätte ich mir das vielleicht interessiert angesehen", fuhr sie fort und blickte mir in die Augen. „Aber mehr auch nicht. Jetzt bekomme ich Herzklopfen, wenn ich zwei Frauen beim Sex sehe. Vor allem, wenn du eine davon bist."

Was für ein Kompliment, dachte ich nur.

„Mit deiner spontanen Aktion bei unserem Vierer am Strand hast du bei mir ein ziemliches Durcheinander ausgelöst", fügte sie hinzu.

„Ein Durcheinander?", fragte ich nach.

„Ja", bestätigte sie und lächelte: „Ein wundervolles Durcheinander."

Bevor ich etwas erwidern konnte, stand Sofie auf, stellte sich hinter meinen Stuhl, umarmte mich von hinten und gab mir einen Kuss auf die Wange. Anschließend reichte sie mir die Hand und sagte:

„Gehen wir zu mir?"

Schüchtern war sie nicht. Das gefiel mir.

Wir gaben unseren Männern noch einen kurzen Kuss und verließen die Bar. An der Tür drehte ich mich noch einmal um. Beide sahen sie uns nach, in Jonas´ Blick lag Wehmut. Ein bisschen tat er mir ja leid. Aber es war schön, dass er seine Freundin ziehen lassen konnte.

Steffen ging etwas abgeklärter mit der ganzen Sache um. Für ihn war diese Situation allerdings auch nicht völlig neu. Ich hatte schon mehrfach ohne seine Anwesenheit Sex mit einer Frau gehabt – wenngleich diese Variante in unserem Swinger-Leben eher selten vorkam. Das erste Mal, dass ich so etwas gemacht hatte, lag nun acht Jahre zurück. Bei jenem erotischen Spiele-Wochenende in der Nähe von Freiburg hatte Tabia (deren Bilder Sofie vor wenigen Minuten so interessiert betrachtet hatte) mich dazu verführt. Und damals hatte Steffen recht ähnlich geschaut wie nun Jonas. Bei späteren Begegnungen – vor allem jenen mit Tabia – war Steffen dann deutlich lockerer geworden.

Auf dem Weg zum Appartement kamen wir am Billardtisch vorbei und blieben kurz stehen, so wie auch Steffen und ich das vor ein paar Nächten nach dem ersten Vierer mit unseren neuen Freunden getan hatten. Erfreulicherweise regnete es mittlerweile nicht mehr. Hier hatte alles angefangen, dachte ich. Sofie hatte wohl den gleichen Gedanken. Jedenfalls umarmte sie mich und wir küssten uns – beinahe so wie zwei frisch verliebte Menschen dies taten, wenn sie sich zum ersten Mal näherkamen. Verliebt war ich zwar nicht in Sofie, aber ich mochte sie – und es erregte mich, ihren schönen Körper zu spüren. Ich ließ meine Hände auf ihren Po wandern und drückte sie an mich.

Sie tat das Gleiche mit mir. Als wir uns wieder voneinander lösten, strahlte sie mich an.

Hand in Hand setzten wir unseren Weg fort – und begegneten jenem schwulen Paar, das uns schon mehrfach im Restaurant oder auf der Terrasse aufgefallen war. Beide grinsten uns breit an, als sie vorübergingen. Vermutlich dachten sie sich ihren Teil. Sollten sie.

Als wir in Sofies Appartement waren, machte meine Freundin kein ernsthaftes Licht, sondern entzündete nur eine Kerze. Anschließend setzten wir uns mit Rotwein auf den Balkon und sahen auf vereinzelte Lichter draußen auf dem Meer. Wir blieben sehr lange dort sitzen und redeten über Gott und die Welt – und sehr ausführlich über die Erfahrungen, die wir beim Swingen so gemacht hatten. Zwar waren auch Sofie und Jonas trotz ihrer jungen Jahre längst keine Anfänger mehr. Aber Steffen und ich hatten mit unseren inzwischen neun Jahren in dieser bunten Welt doch bereits erheblich mehr erlebt. Vor allem zum Thema Bisex fragte sie immer wieder nach.

„Eigentlich würde ich mich gar nicht als bi bezeichnen", sagte ich. „Ich genieße es schon sehr, wenn ich mit einem Mann schlafe. Aber mit einer Frau ist es anders, und manchmal reizt mich das."

„Aber gerade das nennt man doch bi."

„Ja, nein, ja, jein. Ich halte nichts davon, Menschen in Schubladen zu stecken. Was heißt schon bi oder biinteressiert oder lesbisch? Die Übergänge sind da sehr fließend. Es gibt Tage, da will ich einfach nur von einem Mann gefickt werden, während mir jede Frau gestohlen bleiben kann. Und dann wieder gibt es Begegnungen, wo ich unter zarten weiblichen Berührungen einfach nur dahinschmelzen möchte."

„Aber in der Welt der Swinger haben schon recht viele Frauen eine Neigung zum eigenen Geschlecht, oder? Jedenfalls ist das meine Wahrnehmung."

Diese Beobachtung war sicherlich richtig. Für viele Frauen war eine mehr oder weniger ausgeprägte Bi-Neigung überhaupt der Grund, weshalb sie sich in diesem sehr besonderen Universum bewegten. Was bei mir anders war: Ich hatte ganz einfach immer mal wieder Lust auf fremde Haut – vor allem auf die eines Mannes. Zudem empfand ich es als erregend, meinem Mann beim Liebesspiel mit einer anderen Frau zuzusehen.

Dass Sofies Hand während dieses Gesprächs irgendwann auf meinem Bein lag und mich streichelte, empfand ich als ganz normal. Als diese Hand dann irgendwann unter meinen Rock wanderte, kam unsere Unterhaltung zu einem Ende. Sofie streichelte mich, kniete sich schließlich zwischen meine Beine, während ich in dem Plastiksessel sitzen blieb, und zog mir den Slip aus. Langsam und sehr gefühlvoll verwöhnte sie mich mit ihren Fingern und ihrer Zunge. Sie hörte nicht auf, bis es mir schließlich kam. Anschließend richtete sie sich auf, strahlte mich an, und wir küssten uns. Ihre Lippen schmeckten nach meiner Feuchtigkeit.

Als wir uns kurz darauf nackt im Schlafzimmer wiederfanden, revanchierte ich mich für ihre Zärtlichkeiten – und das sehr ausgiebig. Wir bekamen in dieser Nacht nicht allzu viel Schlaf. Dafür aber erlebten wir sinnliche Stunden, in denen wir uns beide mehrfach zum Höhepunkt brachten.

Manchmal gab es Wichtigeres als Schlaf.

Ob Sofie sich wohl ohne ihre Orgasmusprobleme jemals auf Sex mit mir eingelassen hätte? Ich betrachtete die schöne, nackte Frau, die neben mir lag und lauschte ihrem ruhigen Atem, während durch meinen Kopf die Bilder der vergangenen Tage zogen. Ganz offensichtlich hatte es ihr gefallen, was sie mit mir erlebt hatte. Und das beruhte auf Gegenseitigkeit.

Als wir am nächsten Morgen reichlich unausgeschlafen zu unserem letzten gemeinsamen Frühstück gingen, waren die Männer schon da. Sie lächelten nicht, als wir das Restaurant betraten, sie grinsten. Ich war mir sicher, dass vor allem Jonas genau wissen wollte, was in der Nacht passiert war. Immer wieder lenkte er das Gespräch darauf – und immer wieder ignorierten wir das. Ich fand auch, dass das nicht unbedingt ein Thema für das gemeinsame Frühstück war. Falls Sofie ihm Einzelheiten aus der Nacht mit mir berichten wollte, dann sollte sie das in einem Gespräch zu zweit tun. Sie sah das offenbar ebenso, und beantwortete eindeutige Fragen eher mit der Gegenfrage, ob sie ihm noch einen Kaffee vom Buffet mitbringen solle oder ob sein Rührei nicht inzwischen kalt geworden sei. Irgendwann gab Jonas auf.

Als wir am Nachmittag am Pool saßen, kamen wir aber doch noch einmal zu viert auf das Thema. Sofie wurde richtig wehmütig angesichts der Abreise am nächsten Morgen.

„Wir würden den Kontakt mit euch gern aufrecht erhalten", sagte sie. „Aber da liegen doch ein paar Hundert Kilometer zwischen uns."

„Entfernungen sind relativ", entgegnete Steffen. „Auch wenn es wohl tatsächlich eine ganze Weile dauern dürfte, bis wir uns mal wiedersehen können."

„Der Sex mit einer anderen Frau hat dich ganz schön angemacht", stellte Jonas fest und sah seine Freundin nun erfreulicherweise deutlich entspannter an als am Vorabend oder auch noch beim Frühstück. Vielleicht hatte sie ihm in der Zwischenzeit ja doch so manches verraten.

„Ja, ich wundere mich immer noch über mich selbst. Das war alles einfach wundervoll", bestätigte sie.

„Damit machst du mir ein großes Kompliment", sagte ich, nahm ihre Hand in meine Hände und sah sie an. „Ich würde mich auch wahnsinnig freuen, wenn wir mal ein Wiedersehen hinbekommen. Ich glaube auch, dass das irgendwann klappen könnte. Aber mal allen Ernstes: Ihr seid Swinger. Und auch in Baden-Württemberg gibt es doch passende Paare für euch. Ich meine Paare, bei denen die Frau eine Bi-Neigung hat. So etwas ist ja nicht so selten."

„Ja, sollte man meinen", entgegnete sie. „Aber die Szene bei uns ist eher so naja."

„Da haben wir andere Erfahrungen in eurer Gegend gemacht", entgegnete Steffen.

Ich wusste genau, was er meinte. In diesem Moment dachten wir wohl beide an jenes erotische Pfingstwochenende, das wir acht Jahre zuvor in der Nähe von Freiburg erlebt hatten. Aber nicht nur an das.

„Also wenn ihr in unserer Ecke jemanden kennt, dann lasst es uns wissen. Obwohl ich ja eigentlich ziemlich konservativ beim Partnertausch bin", sagte Sofie.

„Definiere konservativ", entgegnete ich und konnte mir ein Grinsen nicht verkneifen. Nach meinem Empfinden passten die Begriffe „Partnertausch" und „konservativ" nun wirklich nicht zusammen.

„Mir ist es schon sehr wichtig, mit wem ich Sex habe. Dieses wahllose Herumhervögeln ist nicht mein Ding."

„Meins auch nicht", erwiderte ich.

Eigentlich hatte Sofie da lediglich eine Selbstverständlichkeit ausgesprochen. Aber trotz ihrer jungen Jahre hatte sie wohl auch schon abschreckende Erfahrungen gemacht, mutmaßte ich.

„Es wäre natürlich toll, eine Frau zu finden, die genauso einfühlsam auf eine andere Frau eingehen kann wie du", sagte Sofie – und ich fühlte mich erneut geschmeichelt.

„Ja", fügte Jonas mit leuchtenden Augen hinzu: „Am besten eine Solofrau."

Natürlich ging ihm nun der Wunschtraum so ziemlich aller Männer auf diesem Planeten durch den Kopf: Sex mit zwei Frauen.

„Das ist etwas sehr Besonderes – um nicht zu sagen: Außergewöhnliches", entgegnete Steffen. „Die Paar-Profile bei Joyclub sind voll von Suchanfragen nach einer einzelnen Frau. Aber so etwas ist schwer zu finden. Jedenfalls eine Frau, die dich dann auch mitspielen lässt."

Daraufhin verdüsterte sich Jonas´ Miene wieder sichtlich.

Während dieser gesamten Unterhaltung fragte ich mich ständig, ob ich es tun sollte oder besser nicht. Schließlich fragte ich ganz einfach:

„Wie hat dir denn meine Freundin Tabia gefallen?"

Im ersten Moment wusste Sofie nichts mit dem Namen anzufangen.

„Die Schwarzhaarige vom iPad", fügte ich deshalb hinzu.

„Ach die", entgegnete Sofie, und über ihr Gesicht huschte ein Lächeln. „Das ist natürlich eine Süße. Die Bilder, die ihr uns da gezeigt habt, waren schon sehr erotisch. Die hat eine Bi-Neigung, oder?"

„Nein, die hat keine Bi-Neigung", erwiderte ich und fügte unter Missachtung meiner eigenen Schubladen-Abneigung hinzu: „Die ist bi."

„Und wie!", bekräftigte Steffen.

„Das kannst *du* überhaupt nicht beurteilen!", sagte ich zu ihm.

„Doch, kann ich", widersprach er lachend.

Naja, dachte ich. Vielleicht konnte er es doch beurteilen. Immerhin hatte mein Liebster Tabia und mich schon mehrfach miteinander erlebt.

„Möchtest du mich mit ihr verkuppeln?", fragte Sofie, die erkannte, worauf das Gespräch nun hinauslief.

„Der Gedanke kam mir", bestätigte ich.

„Aber wohnt die nicht auch bei euch oben im Norden?"

„Nein, sie und ihr Mann leben in Konstanz. Deshalb sehen wir die zwei leider nur sehr selten."

„Am Bodensee? Das ist ja gar nicht so weit von uns!", sagte Sofie und strahlte.

„Sie ist allerdings noch ein paar Jahre älter als ich", fügte ich hinzu.

„Wen stört das denn?", entgegnete Sofie achselzuckend.

Daraufhin griff ich zu Steffens iPad, loggte mich bei Joyclub ein und zeigte den beiden das Profil von Tabia und Marius. Interessiert betrachteten sie die Bilder und die Selbstbeschreibung unserer Konstanzer Freunde.

Schließlich sah Sofie mich mit großen, leuchtenden Augen an. Auch ohne Worte konnte ich ihr Interesse erkennen. Sie nickte nur ganz leicht mit dem Kopf, und ich wusste, dass sie Tabia kennenlernen wollte. Ich schlug vor, dass ich meiner Freundin in Konstanz eine Mail schreiben und ein bisschen von unserem Menorca-Urlaub erzählen würde. Alles andere würde ich dann ihnen selbst überlassen. Sofie nickte erneut und fragte lediglich nach:

„Wann schreibst du die Mail?"

Oh ja, sie hatte Interesse. Und wie! Meine Mahnerin stellte zwar infrage, ob das wirklich eine gute Idee war. Aber meine Erotikfee war sich ganz sicher, dass Tabia und Sofie sich verstehen würden. Tabia war eine Frau, die sehr genau wusste, wie sie eine andere Frau verwöhnen konnte. Mit ihr hatte auch ich so manches erst kennengelernt.

Über unserem Abendessen lag ein bisschen Wehmut. Unsere Freunde würden in der Nacht abreisen, wir am nächsten Tag. Wir machten nach dem Essen noch einen kleinen Spaziergang am Strand, tauschten dabei auch noch ein paar zärtliche Streicheleinheiten zu viert aus, ernsthaften Sex hatten wir aber nicht mehr. Ich hatte zwar bemerkt, dass Steffen Kondome eingesteckt hatte, aber irgendwie waren wir wohl alle in einer anderen Stimmung.

Die beiden brachten uns zu unserem Appartement, verabschiedeten sich dann, und ich sah ihnen nach, wie sie am Pool und dem Billardtisch vorbei zu ihrer Ferienwohnung gingen. Kurz bevor sie aus unserem Blick verschwanden, drehten sie sich noch einmal um und winkten – offensichtlich erfreut, dass wir ihnen noch immer nachschauten.

Schließlich aber gingen Steffen und ich nach drinnen, packten unsere Sachen für die Abreise am nächsten Tag schon mal halbwegs zusammen und gingen schließlich ins Bett. Dass Steffen mit mir schlafen wollte, empfand ich als sehr schön. Auch, dass er jetzt keine wilden Spielchen vorhatte, sondern einfach in der Missionarsstellung zu mir kam, passte wunderbar zu meiner Stimmung. Das war einer der Momente, in denen ich mich sehr als Frau fühlte. Als seine Frau!

Allerdings hatte unser Sex in dieser Nacht dann doch noch einen überraschenden Spezialeffekt: Während Steffens Erregung größer wurde und er immer schneller in mich stieß, packte er mich und drehte uns um – so dass ich dann auf ihm lag. Er mochte es ganz gern, wenn auch er mal unter mir war und ich das Tempo bestimmte. Während dieses Stellungswechsels gerieten unsere Matratzen allerdings in Bewegung. Die beiden Einzelbetten schoben sich auseinander, so dass Steffen dazwischenrutschte und beinahe mit dem Po auf dem Fußboden gelandet wäre. Ich konnte mich gerade so eben noch im Bett halten und schaute verblüfft auf meinen zwischen den Betten hängenden Liebsten – der mindestens ebenso erstaunt zu mir aufschaute.

„Was ist das denn?", fragte ich konsterniert.

„Das", entgegnete er, während er aufs Bett zurückkrabbelte, „ist die Nachwirkung der vergangenen Nacht."

Jonas und er hatten jene Nacht ja notgedrungen gemeinsam in unserem Appartement verbracht – und der andere Mann hatte darauf bestanden, die Betten auseinanderzuschieben.

„Naja, und Kabelbinder kann man schließlich nicht aufbinden – nur aufschneiden", erklärte Steffen.

„Hattest du keinen neuen mehr?"

„Leider nicht. Die letzten Streifen hatten wir Sofie und Jonas gegeben. Deshalb standen die Betten jetzt nur einfach so zusammen. Hatte ich ganz vergessen."

„Manchmal hat Partnertausch doch überraschende Nebenwirkungen", stellte ich grinsend fest.

„Das war kein Partnertausch letzte Nacht. Das war ein erotisches Erlebnis für dich und viel zu viele Cocktails für mich – und ein schnarchender Mann in meinem Schlafzimmer."

Unwillkürlich brach ich in Lachen aus, in das Steffen einstimmte. Wir schoben die Betten wieder zusammen und begannen unsere Liebesspiel erneut. Ich brauchte zwar ein wenig, um den eingefallenen Schwanz meines Liebsten wieder aufzurichten. Aber so etwas gelang mir immer. Als wir erneut miteinander schliefen, blieben wir in einer Stellung – und auf einem der beiden Betten. Besser war das.

Tief in der Nacht weckte mich draußen vor unserem Appartement ein leises Rumpeln. Im ersten Moment konnte ich es nicht zuordnen, dann aber fiel mir ein, dass unsere Freunde (wie vermutlich auch weitere Urlauber) schon sehr früh zum Flughafen mussten. Und unser Appartement im Erdgeschoss lag direkt an dem Fußweg, der aus der Hotelanlage heraus zur Straße führte. Kurz entschlossen streifte ich mir Steffens T-Shirt über und ging nach draußen.

Wie ich erwartet hatte, waren unsere Freunde in der Abreisegruppe, die gerade an unserer Ferienwohnung vorbeikam. Ich umarmte Sofie und Jonas noch einmal; er konnte es sich dabei nicht verkneifen, meinen Po zu tätscheln – und ich spürte seine Hände auf meiner nackten Haut. Ein anderes Urlauberpaar ging vorüber. Ich bemerkte den konsternierten Blick der Frau und das breite Grinsen des Mannes. Hatte Jonas bei seinem spontanen Fummelangriff etwa das T-Shirt so weit hochgeschoben, dass mein blanker Po den anderen Urlaubern präsentiert worden war?

Vermutlich war das so, dachte ich und ging schlaftrunken wieder nach drinnen, als unsere Freunde endgültig verschwunden waren. Das hätte er ja nun nicht unbedingt machen müssen, dachte ich noch, als ich wieder ins Schlafzimmer ging. Im Zwielicht dort lag Steffens T-Shirt über einer Stuhllehne und mein Blick fiel in den Spiegel. Ich hatte nicht sein, sondern mein eigenes Shirt übergezogen. Das war natürlich deutlich kürzer als das meines Liebsten – und eignete sich keineswegs als Nachthemd. Jedenfalls nicht, wenn man nicht anderen Menschen den blanken Po und vermutlich nicht nur den präsentieren wollte. Genau das hatte ich gerade draußen vor der Tür getan. Jonas war daran ganz unschuldig gewesen. Er hatte nur getätschelt, was ohnehin freigelegen hatte. Nun ja, dachte ich. Das war dann wohl eine sehr besondere Form von Abschiedsgruß für zwei sehr besondere Freunde.

Als wir am späten Vormittag im Sicherheitsbereich des Flughafens von Mahon auf unseren Flug nach

Hamburg warteten, ging mir der merkwürdige Blick des Mannes von der Autovermietung nicht aus dem Kopf.

„Wieso denn merkwürdig?", fragte Steffen. „Es war doch alles in Ordnung, als wir das Auto abgegeben haben."

„Ja, schon. Aber irgendwie hat er komisch geschaut, nachdem er sich das Auto angesehen hatte. Ich würde zu gern wissen warum."

„Könnte es sein, dass du manchmal Dinge siehst, die gar nicht da sind?"

„Im Gegenteil", entgegnete ich und wusste plötzlich, was der Blick des Mannes zu bedeuten hatte: „Da war etwas, das ich zwar gesehen, aber im ersten Moment nicht so recht realisiert habe."

„Nämlich?"

„Sofies Slip!"

„Was für ein Slip?"

„Sofie hatte doch nach unserem Vierer im Auto ihren Slip vermisst. Und dann haben wir ihn alle wohl vergessen. Aber der Mann von der Autovermietung hat ihn entdeckt."

„Glaubst du?"

„Ganz sicher. Ich habe ihn auch gesehen, aber irgendwie eher unbewusst. Er war hellblau und steckte in der Seitentasche der Beifahrertür. Du musst ihn da reingesteckt haben, als du ihn Sofie ausgezogen hattest."

Steffen kramte in seiner Erinnerung und nickte irgendwann langsam: „Ja, das könnte sein. Aber ganz sicher bin ich mir nicht."

„Ich aber. Der Mann hat eben doch sämtliche Türen geöffnet. Und bei der Beifahrertür hat er ziemlich viel Zeit verbracht. Ich bin sicher, dass er dort den Slip entdeckt hat."

„Da wird er wohl eins und eins zusammenzählen", entgegnete Steffen mit verschmitztem Lächeln.

„Und dabei auf ein falsches Ergebnis kommen", erwiderte ich und grinste meinen Liebsten auf die gleiche Weise an. „Der wird doch mit Sicherheit denken, dass das mein Slip war. Dass wir in seinem Auto zu viert gevögelt haben, wird ihm wohl kaum in den Sinn kommen."

„Mit Sicherheit nicht", bestätigte Steffen.

Während der Wartezeit im Flughafen schrieb ich mit Steffens iPad eine Mail nach Konstanz. Ich schilderte Tabia in Ansätzen, was ich mit Sofie erlebt hatte und wies sie auf das Joyclub-Profil unserer neuen Freunde hin.

Als wir am Abend zu Hause in Hannover ankamen, fand ich bereits eine Antwort von Tabia vor. Sie fragte, ob ich jetzt meine abgelegten Sexpartnerinnen an sie weiterreichen wolle. Allerdings war diese Frage sowohl mit einem lächelnden als auch einem küssenden Smiley versehen.

Tatsächlich war Tabia ausgesprochen erfreut über meine Mail – und die Aussicht auf Sex mit Sofie. Sie hatte sich das Profil umgehend angesehen und war geradezu elektrisiert vom Anblick dieser schönen, jungen Frau. Sofie passte ausgesprochen gut in ihr Beuteschema – und umgekehrt. Ich war gespannt, was die beiden daraus machen würden. Auf jeden Fall hatte ich das Gefühl, dass es bald mal wieder Zeit werden würde für einen Besuch in Konstanz.

Von Kirsten Steiner sind bisher
folgende Titel erschienen (Stand Mai 2017):

Schneetreiben für vier

Winter, Sonne, Sex – eine wundervolle Mischung. Allerdings waren Sabrina und Florian, mit denen wir diesen Skiurlaub im Montafon verbrachten, als Swinger noch völlige Anfänger. Dennoch wurde es eine heiße Woche zwischen Piste, Sauna und Bett. Aber vielleicht war es auch gerade deshalb so spannend, weil die beiden gar nicht so recht wussten, was sie eigentlich wollten. So manches haben sie mit uns dann aber entdeckt.

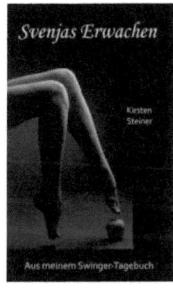

Svenjas Erwachen

Meine Schulfreundin Svenja war schon immer ein schwieriger Fall. Als Teenager hatte sie nie einen Freund abbekommen, als Studentin geriet sie stets an die falschen Männer. Und als sie mir dann einmal erzählte, dass sie seit fünf Jahren keinen Sex mehr gehabt hatte, habe ich sie zu einem Besuch im Swingerclub überredet – nur sie und ich und ohne meinen Liebsten. Und mit einer Freundin durch einen Club zu streifen, ist etwas ganz anderes als mit einem Mann an der Seite.

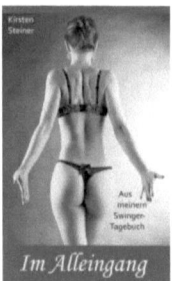

Im Alleingang

Mir war nicht ganz wohl bei der Sache. Aber Steffen hatte etwas gut bei mir, und so ging ich auf seinen Vorschlag ein: Gemeinsam in den Swingerclub – aber dann sollte jeder für drei Stunden allein auf Pirsch gehen. Im Nachhinein war ich erstaunt, was in drei Stunden so alles passieren kann.

Spielzeit

Vier Paare, ein Ferienhaus und ein sonniges Pfingstwochenende: Die Zutaten zu diesem Spiele-Wochenende waren verlockend, und wir folgten der Einladung. Wobei wir nicht geahnt hatten, dass unsere Gastgeber wirklich spielen wollten. Allerdings wurden das Spiele der besonderen Art.

Mallorquinischer Seitensprung

Zwei Männer allein für mich: Mit dieser pikanten Überraschung wollte Steffen mir den Urlaub versüßen – was ihm auch gelang. Doch dieser zweite Mann hatte ein kleines Geheimnis. Und das sollte noch ein ganz anderes erotisches Abenteuer auslösen – ein Erlebnis, an dem nicht nur wir drei beteiligt waren.

Die Frau, die in einen Swingerclub hineinging und aus einem Jungbrunnen herauskam

„Mein Mann vögelt mit so schönen jungen Frauen wie dir seine Midlife-Crisis weg", hatte Sylvia nach unserem Vierer auf der Swingerclub-Matte zu mir gesagt. Im weiteren Verlauf des Abends stellte ich fest, dass sie mit ihrer Einschätzung wohl durchaus richtig lag – sie selbst aber auch tief in dieser Krise einer Mitt-Vierzigerin steckte. Doch obgleich sie es zunächst nicht so recht glauben wollte, tat der Sex mit einem deutlich jüngeren Mann ganz offensichtlich auch ihr gut. Und nicht nur mit einem …

Räumchen wechsel dich

Swingen ja, aber Partnertausch in getrennten Räumen? Das kam für uns nicht infrage. Dachten wir … Dann aber trafen wir Katja und Lukas, die das eigentlich genauso sahen. Eigentlich … Doch zu unserer Überraschung entwickelte sich der erotische Abend mit den beiden ganz anders, als wir alle das wohl erwartet hatten …

Zwei Männer, zwei Frauen, eine Verführung

Wir hätten nicht geglaubt, dass eine Beziehung zu viert funktionieren würde. Mit Birte und David jedoch entdeckten wir eine ganz neue Dimension des Swingens. Plötzlich war alles möglich, alles erlaubt. Wir erlebten mit den beiden die aufregendste Zeit unseres Swingerlebens – und ein Wechselbad der Gefühle. Wir kamen den beiden unglaublich nah. Vermutlich zu nah.

Monogamie für Fortgeschrittene

Einander treu sein und dennoch fremde Haut spüren, klingt wie duschen, ohne nass zu werden. In ihrem Buch erläutern Kirsten und Steffen Steiner, wie dieser scheinbare Widerspruch dennoch funktioniert und für eine harmonische Beziehung sogar ausgesprochen hilfreich sein kann. Dafür greifen die Autoren, die seit Jahren in der Swingerszene aktiv sind, sowohl auf eigene Erlebnisse bei zahlreichen Clubbesuchen und privaten Treffen zurück als auch auf Gespräche mit anderen Paaren, die sie in diesem Buch zu Wort kommen lassen. Mit persönlichen Geschichten und Anekdoten geben sie einen Einblick in die Welt der Swinger.

Lob, Kritik, Anregungen?
Ich freue mich über eine Mail an:

kirsten.steiner84@web.de

Und natürlich freue ich mich auch über
das Geschenk einer kleinen Rezension
in einem der Buchshops im Internet.